ときめき百人一首

はじめに――和歌から新しい命を

こんにちは。小池昌代《こいけまさよ》です。ふだんは詩や小説を書いています。十四歳の頃も、夢中になっていたのは、和歌ではなく現代の口語で書かれた自由詩のほうでした。それでもお正月になれば、もっぱら祖母を読み上げ役として家族で『百人一首』に興じたものです。意味などわかりません。音楽みたいに日本語を味わっていただけです。そして蟬丸《せみまる》の「これやこの……」だけは、他の人に取られまいとしっかり暗記していました。蟬丸って名前が訳もなく好きだったんです。

大人になり、改めて『百人一首』を読んでみようと思ったとき、このときの、耳の記憶に助けられました。「あ、知ってる、知ってる」。昔の知りあいに再会したような喜びがありましたが、同時にその人をずいぶん誤解していたり、思い込みで知ったつもりになっていたことにも気づいたのでした。例えば、『百人一首』の最後を飾る順徳院《じゅんとくいん》の歌、「ももしきや古き軒端《のきば》の……」では、古い軒端に洗って干してある、男性の「ももひき」をイメージしていました。よく見れば、「ももひき」じゃなくて「ももしき」じゃないですか。宮中、皇居のことです。昔栄えた宮中のことを偲《しの》んだ歌なんです。この落差には一人、苦笑い。ちなみにこの歌、順徳天皇二十歳の頃の作品とされていて、五年後、この人は承久《じょうきゅう》の乱で鎌倉幕府側に敗れ、佐《さ》渡《ど》に流されてしまう。時代は貴族の時代から武士の時代へ。順徳院は自分の運命をまだ知りませんが、歌からは悔恨《かいこん》、寂《さび》しさなどが先取りされたように透けて見えてきます。

和歌って大きい。そして不思議なものです。小さな器なのに時には人間の運命をすっぽりと含みとる。歌の背景を知り作者を知ると、苔《こけ》の生えたような地味な歌も、次第に面白くなるというマジックがおこります。

和歌独特の言葉、文語及び歴史的仮名遣いには、慣れるまで、確かに時間がかかるかもしれませんが、どうぞ恐れずに、少しずつ和歌に近づいていってほしいのです。誰かと友達になるときと同じ。人間一人を完全にわかり切るということがないように、一首をくまなく理解できた、なんてことはそうそうないはずです。当時の習俗だってわからないことだらけ。枕詞《まくらことば》など技巧や言葉に関することだって、勉強しても謎がさらに増えていく感触すらあります。でもだからこそ面白い。読む人の等身大になってくれるのが和歌です。わからないときはわからないなりに。わかってくると更に面白く。だから私たちが年を重ねるなかで繰り返し同じ和歌を読んでいく喜びと意味もあるのではないでしょうか。和歌のわからなさを抱きしめていると、人生のどこかで、あっ、自分がわからなかったのはこれか、このことだったのかと不意に謎がとけるような瞬間がやってくるはずです。そのとき、どんなにか、うれしいことでしょう。どうぞ気長に和歌とつきあってみてください。そして一首の和歌から、新しい命を汲み出してやってください。

本書の構成及び和歌の基本事項については、次のページに記しました。また、本の途中に、いくつかのコラムを挟み込んであります。和歌を読むとき、少しでも助けになれたら、うれしいことです。

本書の構成と和歌の基本事項

本書の構成にそって、和歌についてその基本的なことをお話しします。例として、90番の殷富門院大輔《いんぷもんいんのたいふ》の歌に登場してもらいますね。

90 見せばやな　雄島《をじま》のあまの　袖《そで》だにも
濡《ぬ》れにぞ濡《ぬ》れし　色はかはらず

『千載集《せんざいしゅう》』恋

1「和歌」本体の仕組み

和歌は、5・7・5・7・7のパーツからなる合計、三十一文字《みそひともじ》の小さな詩歌です。本来はひと続きのものですが、本書ではわかりやすくするため、区切り目に、一マスずつの空白をあけました。5・7・5までの前半部分を「**上の句**《かみ》」といい、後半7・7を「**下の句**《しも》」といいます。また、上から順に、「見せばやな」の部分を

「**初句**」、「雄島のあまの」の部分を**二句**、同様に続けて、**三句**、**四句**と呼ぶことができます。最後、**五句**目にあたる「色はかはらず」の部分を「**結句**」ということもあります。

歌を味わうとき、一首がどこで切れているかという**句切れ**を見ることがあります。そのとき、この区切り目のことを知っておくと便利です。「**初句切れ**」とか「**二句切れ**」などといいますが、コラム「**和歌のキーワード**」（P76）にも出しましたのでご覧ください。ちなみにこの90番の歌は、初句切れです。初句切れは、『百人一首』の中でも二首しかありません（もう一つは、42番）。

部分を呼ぶときには、こうして「句」を使いますが、和歌全体は**一首**、**二首**と数えていきます。

2　作者の名前

歌の最後に、作者名が出ていますが、官職名で書かれたものもあり、ずいぶんとわかりにくいと思います。例としてあげた90番の作者は女性ですが、殷富門院にお仕えしたので、その名前がついているのです。男性でも、平安時代は至る所、藤原《ふじわら》姓《せい》ですから、官職名や赴《ふ》任地《にんち》などで区別しなければわかりにくかったのでしょうね。官職名についてはコラム「役職・身分」（P188）に出しましたので参考になさってください。

3 出典歌集

見本として出した90番の歌の下に、『千載集』という歌集名が出ていますね。これ、何でしょう？

実は、『百人一首』に収録された歌のすべては、「**勅撰**《ちょくせん》**和歌集**」に収録されていたもののなかから選ばれています。「勅撰和歌集」というのは、上皇や天皇が和歌の達人たちに命じて選ばせたもののことをいいます。『百人一首』の場合は、次の十冊の勅撰和歌集から選ばれているんですよ。時代順にあげると、『**古今集**《こきんしゅう》』『**後撰**《ごせん》**集**《しゅう》』『**拾遺集**《しゅういしゅう》』『**後拾遺集**《ごしゅういしゅう》』『**金葉集**《きんようしゅう》』『**詞花集**《しかしゅう》』『**千載集**《せんざいしゅう》』『**新古今集**《しんこきんしゅう》』『**新勅撰集**《しんちょくせんしゅう》』『**続後撰集**《しょくごせんしゅう》』（いずれも正式には、『古今和歌集』というように、集の前に「和歌」が入ります）。このなかにほら、『千載集』もあるでしょう。つまり和歌が、そもそも収められていたところの、元の歌集名がここに出ているのです。

あれ？　日本で一番古い歌集といわれている『万葉集』がないけどなぜ？　と不思議に思う人もいるかもしれません。実際、『百人一首』の最初のほうの歌は、『万葉集』に元の歌が収録されていました。

『万葉集』には謎も多く、さまざまな説があるようですが、天皇が編ませた「勅撰和歌集」ではないというのが定説のようです。『百人一首』の作者たちは、天皇を頂点とする貴族や僧侶、武士であったわけですが、『万葉集』の作者はさまざまな階層に及び、詠《よ》み人知らずの歌もあります。

例えば『百人一首』2番の持統天皇《じとうてんのう》の歌は、もともと『万葉集』にありましたが、出典歌集として『新古今集』があげられているでしょう。これは『万葉集』から『新古今集』を経て、『百人一首』に収録されたのです。このように、『万葉集』に同じ歌がある場合、『万葉集』所収の歌を、「**原歌**」と表現してあります。「本歌取《ほんかど》り」の「**本歌**」と区別しました。

日本で一番古い歌集は確かに『万葉集』ですが、一番最初の「勅撰和歌集」といえば、今のところ『古今集』ということになっているのです。

また、元の歌集には、「**詞書**《ことばがき》」（コラム「和歌のキーワード」参照）といって、歌の背景などがわかる一種の説明文が歌の前に書きつけられている場合がありました。『百人一首』に持ってきたのは歌だけなので、その背景が消えてしまいました。そういうとき、元の収録歌集に戻って、詞書を調べてみるということがあるわけです。出典歌集は和歌がどこの生まれであるかを示した、「足跡《あしあと》」のようなものだと考えてください。

解説中に、「『古今集』詞書によれば……」などと書いてあったら、ああ、このことだな、と思ってください。

4 部立て

さて、それでは、歌集名の下に「恋」とあるのは何でしょう?

これは「**部立て**」と呼びます。歌の分類名です。「**春**」「**夏**」「**秋**」「**冬**」のほか、「**離別**《りべつ》」「**羇旅**《きりょ》」「**恋**」、「**雑**《ぞう》」があります。このうち、「離別」とは別れを詠《うた》ったもの(16番のみ)、「羇旅」とは旅のことで旅情を詠《よ》んだ歌。「雑」はどこにも入らない、その他、さまざまな歌。たとえば幼馴染《おさななじみ》と月のことを詠った紫式部《むらさきしきぶ》の57番は、まさにこの「雑」です。『百人一首』で一番多いのは恋の歌です(43首)。

5 現代詩訳

和歌の横には、現代語訳として訳詩をつけました。和歌は一行ですが、基本、八行ほどの現代詩になりました。和歌のリズムと音は、現代語訳によって失われてしまいますが、作者が何をどう見たのか、詩情を発見する作者の「目」に重なってみようと、一種の「翻訳」を試みました。同じ日本語でも、古語と現代語では、例えば「あはれ」や「かなし」「しのぶ」など、守備範囲がだいぶ違います。わたしの実感では、古語のほうが広く複雑な意味合いを含んでいるように思いました。古語と現代語とを往復しながら、『百人一首』を楽しんでください。気になったことばを古語辞典で調べてみると、意外なことがわかってさらに楽しいはずです。

6 ことばのメモ、注

わかりにくいことばは「ことばのメモ」や「注」に出して説明してあります。解説文中で説明したものについては、一部、省略したものもあります。

7 解説・読解

一首をどう読むかの読解をつけました。「ことばのメモ」などに書ききれなかったものは、なるべくここで補いました。

なお「和歌をよむ」という場合の「よむ」には「詠む」と「読む」とがあります。「詠《えい》ずる」の「詠む」は和歌を作る意味。「読解」の「読む」は純粋に読者として和歌を読み、時には声に出して読み上げることを意味しています。

コラム

『百人一首』ってどんな歌集なの？

『百人一首』は、鎌倉時代初期に藤原定家《ふじわらのていか》（97番）によって編まれたといわれる華やかな詩のアンソロジーです。京都小倉山の山荘で選んだといわれ、一般には『小倉百人一首』という名称で呼ばれることもあります。

一人一首ずつの和歌が収められていて、詠《よ》み人知らずの歌はありません。万葉期の天智天皇《てんじてんのう》に始まり、鎌倉初期の順徳院《じゅんとくいん》で終わります。メンバーは天皇を中心とした貴族・僧侶たちですが、鎌倉時代に入ると、源実朝（武士・93番。鎌倉右大臣）の名前も見えますね。

並んでいる順番はほぼ時代ごとです。天皇の親子に始まり（1番、2番）、同じように天皇の親子（99番、100番）で終わっています。途中、同じ歌合で競い合った歌が隣同士に並んでいたりすることもあります（40番、41番）。

すべての歌集において、歌の並びは鑑賞上、大事な要素です。同時代のライバルたちや、母と娘など、何かと関連づけられる歌人たちが近い番号に集まっていますから、一首の周りを見渡しながら読んでみてください。広がりが出てきて楽しいと思います。

第1章

百人一首を読もう！

1

秋の田の　かりほの庵《いほ》の　とまをあらみ　わがころもでは　露《つゆ》にぬれつつ

天智天皇《てんじてんのう》［626－671年］

後撰集《ごせんしゅう》
秋

秋の田を守る　仮小屋の
屋根をおおう苫《とま》が
粗《あら》く編んであるものだから
そこから　夜露《よつゆ》が滴《したた》り落ちてきて
ほらね
わたしの袖《そで》が
夜じゅう
濡《ぬ》れるのだよ

ことばのメモ

【かりほ】…農作業のための仮小屋。仮庵《かりいほ》の音がつまったもの。刈穂《かりほ》と仮庵とを掛けた掛詞《かけことば》であり、仮庵の庵《いおり》とは、同じ「庵」を重ねて調子を整えた重ね詞《ことば》。

【とま】…苫。菅《すげ》や茅《かや》の葉を編んだもの。

【〜をあらみ】…「〜を＋形容詞の語幹＋み」で原因・理由を示す。ここでは、「苫の編目《あみめ》が粗いので」の意。

【ころもで】…衣手。衣服の手、つまり袖のこと。

最初の一首は天皇から始まります。二首目も天皇（天智天皇の娘の持統天皇《じとうてんのう》）。ラストを飾《かざ》るのも天皇だった親子（後鳥羽院《ごとばいん》と順徳院《じゅんとくいん》）でしたね。このこと、ちょっと頭においておきましょう。天智天皇は皇太子時代、中大兄皇子《なかのおおえのおうじ》と呼ばれ、大化《たいかの》改新《かいしん》を行った人です。この歌には『万葉集』巻十に収められた作者不詳の原歌があるんですよ。「秋田刈《か》る仮廬《かりほ》を作りわが居《を》れば衣手寒く露ぞ置きにける」。ね、だいぶ似ているでしょう。これが伝承されるうちに細部が変化して洗練され、天皇の作だということになったのではないかといわれています。経験を直接、詠《うた》ったわけではなく、農民たちを思いやったものだとされていますが、露に袖《そで》が濡《ぬ》れるところは妙に現実感があるでしょ。「苫」が粗く編んであって、そこから夜露が滴ってきたというわけ。でもこの人は、それを嫌がってはいない。むしろそこに小さな「詩」を見つけているのね。その心をよろこびといってもいいでしょう。ぽとりと落ちた夜露の冷たさや、その詩的重量を想像してみてください。歌の前半部分に、ずいぶん「の」が多いことにも注目。このことも、滴《しずく》が下へ下へと連なって落ちていく感じを作っているんじゃないかな。

2

春過ぎて　夏来《き》にけらし　白妙《しろたへ》の
衣《ころも》ほすてふ　天《あま》の香具山《かぐやま》

持統天皇《じとうてんのう》
［645－702年］

新古今集
夏

なんてことかしら
春は　ゆき
いつのまにか
夏が　来たらしいワ
夏になれば
白妙《しろたえ》の衣を干すという
天の香具山よ
翻《ひるがえ》る白よ

ことばのメモ

【夏来にけらし】…夏が来たらしい。「けらし」は助動詞。過去の推量。～したようだ。

【白妙の】…枕詞《まくらことば》。衣や袖《そで》、あるいは雪、雲、光など、白いものにかかる。

【天の香具山】…奈良《なら》県飛鳥《あすか》地方にある。畝《うね》傍《び》山《やま》、耳成山《みみなしやま》とともに、大和三山の一つ。

詩は時間を一瞬のなかに閉じ込め、凍らせてしまうもの。この歌には、夏が来た、その瞬間が、翻る白い衣のイメージでとらえられています。香具山は、天から降りてきたといういわれもある神聖な山。その山に夏が来ると、白妙の衣を干すという言い伝えがあったらしいの。山の緑に、白い衣、そして抜けるような一面の青空。色彩のめりはりが効いていて、読むだけで視力がぐんとアップするようでしょう。この歌には原歌があります。「春過ぎて夏来《きた》るらし白栲《しろたへ》の衣乾《ほ》したり天《あめ》の香具山」（『万葉集』巻一）。一番の違いは「衣乾したり」の部分。「たり」は完了の助動詞だから、「ほしてある」と目の前の風景をざっくりと詠《よ》んでいます。一方、表出の歌は、「ほすてふ」（てふはチョウと読みます）。てふは「と＋言ふ」の変化した連語で、訳詩にだしたとおり、伝聞の意味を作っている。微妙に味わいが違うでしょ。「ほすてふ」のほうが、年毎に白妙を干してきた時間の厚みが入っているともいえますね。

持統天皇は、天智《てんじ》天皇（1番）の第二皇女。ややこしいけど、後に父の弟（叔《お》父《じ》）である天武《てんむ》天皇の皇后となり、天武天皇が崩御した後、即位、第四十一代の天皇となりました。

3

あしびきの　山鳥《やまどり》の尾《を》の　しだり尾の
ながながし夜《よ》を　ひとりかも寝《ね》む

柿本人麿《かきのもとのひとまろ》［生没年未詳］

拾遺集
恋

夜になると
あしびきの山鳥は
谷を隔《へだ》てて
雄雌《おすめす》　別々《べつべつ》に眠《ねむ》るという
あのだらりとしだれた尾っぽのような
ながい　ながーいこの夜を
ああ　独り　眠るのか
この　わたしも

ことばのメモ
【あしびきの】…山や嶺《みね》などにかかる枕詞。
【しだり尾】…長く垂れ下がった尾。

これは恋の歌なんです。いとしい人とは遠く離れていて、「独り寝はさびしいよなあ」と詠《うた》っています。上《かみ》三句に注目して。山鳥の長い尾っぽのことを書いているでしょ。山鳥ってキジ科の鳥。長い尾を持つのは雄だそうです。キジは昼間、雌雄《しゆう》が一緒にいても、夜になると谷を隔てて別々に眠る習性があるらしい。二人で過ごす楽しい時間に比べると、独り寝の時間は辛《つら》くさびしく、時間もながーく感じられたことでしょう。季節は秋から冬へ。夜も段々と深まり長くなる。あらゆる「長さ」をよりリアルに伝えるために、一見、関係のない、この山鳥の尾が引き合いに出されているわけ。音読すると、前半、随分「の」の音が重なってる。これも、先へ先へと引き伸ばされていく長い夜の感じに効果をあげていますね。「あしびきの」は、山にかかる枕詞よ。深々とした孤独が染みてくる、いい歌でしょう？

作者・柿本人麿についてはよくわかっていないし、この歌だって『万葉集』には詠《よ》み人知らずとして出ていますが、調べのよい歌なものだから、平安期以降、人麿の作といわれるようになったらしい。後に山部赤人《やまべのあかひと》とともに「歌聖《うたのひじり》」と尊敬されたスケールの大きな歌人です。

4

田子《たご》の浦に　うち出《い》でて見れば　白妙《しろたへ》の
富士の高嶺《たかね》に　雪は降りつつ

山部赤人《やまべのあかひと》［生没年未詳］

新古今集
冬

田子の浦に出て
仰《あお》ぎ見れば
はるか　純白の
富士の高峰《たかみね》
降り続いている
雪、雪、雪、

ことばのメモ
【白妙の】…2番の歌も参照。白いものにかかる枕詞だが、単に色彩をいう場合もある。この歌では、「白妙の」を「富士の高嶺」にかかるものとして「純白の」と訳出した。
【雪は降りつつ】…「つつ」は接続助詞。反復・継続を表す。

駿河国《するがのくに》（静岡県）田子の浦の浜辺から見た富士山です。「雪は降りつつ」というのは、富士の高嶺に雪がずっと降り続いているという意味で、それを今、見ているように書いているけれど、実際は見える距離ではないから、あくまで想像して詠《よ》んでいるのね。「うち出でて見れば」の「うち」は動詞につく接頭語。あってもなくても意味は変わらないけれど、歌の調子を整え、浜辺へ足を踏み出した感じが、この音一つから伝わってくるようでしょ。『万葉集』に次の原歌があります。「田児《たご》の浦ゆうちいでて見ればま白にぞ不尽《ふじ》の高嶺に雪は降りける」。「ゆ」は起点や通過点を表す格助詞です。原歌には、田子の浦を通って、富士山の見えるところまで行き、実景を一気に詠んだという格調高く、そして素朴な感じがありますね。一方、表出の歌は、作者のイメージのなかで雪が降っていて、「白妙」など、ことば遣いもだいぶ優美で繊細でしょう。

作者山部赤人は、柿本人麿《かきのもとのひとまろ》と並び称された宮廷歌人。三十六歌仙《かせん》の一人であり、この歌のように自然の情景を詠むことに秀でていました。

5

奥山《おくやま》に　紅葉《もみぢ》踏み分け　鳴く鹿《しか》の
声《こゑ》聞く時ぞ　秋は悲しき

猿丸大夫《さるまるたいふ》［生没年未詳］

古今集
秋

かさこそと
紅葉《もみじ》、踏みわける足音がして
雄鹿《おじか》が鳴く
妻を
探しているのだろうか
あの声を聞くとき
一気に秋が
秋が一気に　深くなるよ

ことばのメモ

【声聞く時ぞ】…「ぞ」は係助詞。鹿の鳴き声を聴くときこそとりわけ、というふうに意味を強める。「ぞ」を受けた文末は「悲しき」と連体形になる（係り結びの法則）。

耳で読む一首です。紅葉を踏み分けているのは人か鹿か。わたしは鹿と取ってみました。落ち葉を踏み分ける乾燥した鹿の足音を想像してみてください。そしてその鹿が哀切きわまりない声で鳴く。古来、秋になると雄鹿が雌鹿《めじか》を求めて鳴くといわれ、その声を聴くと里に住む古人《こじん》は、ああ、秋も深まったなあと思ったのね。人を恋うる気持ちをかきたてられたかもしれない。この歌が収められていた『古今集』を見てみると、詠《よ》み人知らずとして出ているのだけれど、後の人が編んだ『猿丸大夫集』にはこの歌がある。で、『百人一首』の編者・定家《ていか》は猿丸の作としたのですが、猿丸自身、実在したかどうかもわからない、謎の人物なんですね。また、この歌には「紅葉」とあるけれど、『古今集』にある前後の歌の並びから、紅葉とあっても、萩《はぎ》の黄葉ではないかとも考えられてきました。和歌の「意味」はそうして揺れ続けているのです。それはまだ、和歌が生きていることの証でもありますから、わたしたちもまずは、自分の五感を使って、和歌の世界にとびこんでみましょう。

6

かささぎの　渡《わた》せる橋に　置く霜《しも》の
白きを見れば　夜《よ》ぞ更《ふ》けにける

中納言家持《ちゅうなごんやかもち》
［718頃－785年］

新古今集
冬

七夕《たなばた》の夜
天上の天の川に
白い翼《つばさ》を広げる　かささぎの
さざはしに降りた
白い霜
宮中に
深く冷たく
夜は更けたよ

※ことばのメモ
【かささぎ】…カラス科の鳥。頭と尾尻は黒く、あとは白。
【置く霜の】…「置く」とは降りること。降りた霜で夜も更けたことがわかる。

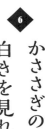

鵲《かささぎ》は中国の七夕伝説で知られる鳥です。七月七日といえば旧暦では秋。その夜、鵲が天の川に翼を広げ、彦星《ひこぼし》に逢《あ》いに行く織姫《おりひめ》を渡らせます。でもこの歌には霜が出てくるから、季節は冬。実はこの歌には二つの解釈があります。一つは冬の夜空をそのまま詠《よ》んだというもの。冷たそうな夜空の星々に、天の川にかかる鵲の橋を連想したというわけ。また別の解釈は、霜の降りた宮中の階《きざはし》を、天の川にかけられた橋に見立てて詠んだのだというもの。「見立て」というのは和歌の技巧の一つ。天上を見上げて七夕伝説を想像しながら、ふと、地上に視線を落とすと白い霜。幻想から覚めたように、ああ、夜も更けたなあと思う。これって割合自然な心の動きじゃないかしら。だからわたしは宮中説を採って訳しました。宮中の階を天上になぞらえ、鵲橋《かささぎのはし》ともいうんですって。家持は宮中の夜の警備、宿直《とのい》を務めていたのかもしれませんね。

中納言家持とありますが、中納言は官職名です。大伴旅人《おおとものたびと》の子で三十六歌仙《かせん》の一人。政治的には不遇に終わった人だけれど、『万葉集』編纂にも関わったのではないかといわれています。

7

天《あま》の原《はら》　ふりさけ見れば　春日《かすが》なる
三《み》笠《かさ》の山に　出《い》でし月かも

安倍仲麿《あべのなかまろ》［701−770年］

古今集
羇旅《きりょ》＊

振りかえり
仰《あお》ぎ見た
広い夜空に
月が　出ている
ふるさと　春日にある
三笠の山にも
同じ月が
かかっていたなあ

❖ことばのメモ

【天の原】…広々とした大空のこと。原は、野原、海原にあるように広い空間のこと。

【ふりさけ見れば】…はるか遠くを眺めやる。

【春日なる】…春日は現在の奈良市東部。「なる」は存在場所を表し、春日にあるという意味。

【三笠の山】…春日神社の背後にある山。神の宿る神奈《かむな》備《び》山《やま》として、遣唐使の無事を山のふもとで祈ったとされる。

安倍仲麿は十代で遣唐《けんとう》留学生として唐に渡った人です。在唐も三十五年が過ぎた頃、やってきた遣唐使船に便乗し帰国を果たそうとしました。そのとき明州《めいしゅう》という海辺で送別会が催され、月を見て詠《よ》んだとされているのがこの歌です。『古今集』の詞書《ことばがき》（和歌や俳句の前書きとして付され、作品の背景がわかるもの）と左注《さちゅう》（歌の後に書かれた編者のことば）によれば、乗船予定の船が暴風雨で難破、仲麿死亡の噂《うわさ》まで出たそうなのですが、仲麿は安南《あんなん》（ベトナム）に漂着し、奇跡的にも助かっていたのでした。結局、彼は再び唐の地へ戻り、彼《か》の地で亡くなりました。日本を離れて五十年以上。望郷の念にかられたこともたびたびだったでしょうね。そんな自分の運命をまだ知らずに詠んだ一首だとすれば、いよいよ帰れると思っていたわけですから、この歌に哀しみを覚えずにはいられません。「ふりさけ見る」というう古語が印象的です。「振《ふ》り放《さ》け見る」と書きます。ただ、「見る」というのではなく、「ふりさけ見た」のです。濃い感情が感じられるでしょう。仲麿の心境を想像しながら読んでみてください。鋭い感傷を、月光がやわらかく包んでいます。

＊羇旅　旅情を詠んだもの。

8

わが庵《いほ》は　都《みやこ》のたつみ　しかぞ住む
世《よ》をうぢ山《やま》と　人はいふなり

喜撰法師《きせんほうし》
［生没年未詳］

古今集
雑

わたしの庵《いおり》は　みやこの東南
こんな具合に暮らしているよ
世間の人は
わたしのことを
引きこもりの　憂《う》し山サン
なんて噂《うわさ》してるらしいけど
そんなことないさ
呑気なものさ

ことばのメモ

【たつみ】…東南。北を子《ね》として時計回りに順次、割り当てた十二支の方位図によれば、辰《たつ》と巳《み》のあいだは「東南」に当たる。

【しかぞ住む】…「然《しか》ぞ住む」。このように、平和に暮らしているの意。

【世をうぢ山と】…「世を憂し」と「宇治《うじ》山《やま》」の掛詞《かけことば》。世を憂い、宇治山に住むと。

作者・喜撰法師さんの「自分宣言」の歌とでもいいましょうか。なんとなくとぼけたユーモアを感じます。「都のたつみ」とは京の都から見て、辰巳の方角にわが家があるということ。確かに宇治山は京の東南に位置します。「しかぞ住む」の「しか」は然りの「然」（副詞）、「このように」という意味を作ります。鹿が住むような田舎《いなか》という解釈もあります。「世をうぢ山と人はいふなり」が要《かなめ》ですが、「うぢ」の部分は、「憂し」（憂鬱《ゆううつ》だ、辛《つら》い）と「宇治山」（地名）の掛詞なんですね。「いふなり」の「なり」は伝聞の助動詞なので「人はわたしのことを、世を憂しの宇治山さんなんて言ってるらしい」という意味。「だけどそんなことはない。こんな感じで呑気にやっているよ」という言外の意味を響かせています。マイペースなお人ですね。喜撰法師は六歌仙《ろっかせん》の一人だというのに作品はほとんど残っていなくて、『古今集』にもこの一首のみといいます。それでもその名は、意外なところで現代の日本に生きているんです。宇治山は現在、「喜撰山《きせんやま》」と呼ばれているし、宇治茶の上等なものは「上喜撰《じょうきせん》」という。みな、喜撰法師の名前から出たものです。

◆9

花の色は　移《うつ》りにけりな　いたづらに
わが身世《みよ》にふる　ながめせし間《ま》に

小野小町《おののこまち》
［生没年未詳］

古今集
春

桜の花は
色あせてしまった
むなしく
長雨に　降り込められ
世を眺《なが》め　物思いを重ねるうちに
花同様
この　わたしも

◈ことばのメモ

【移りにけりな】…すっかり衰《おとろ》えてしまったなあ。「移る」は移動したり状態が変化することから、特にこの歌では、「盛りを過ぎ色あせること」の意。「な」は感動を表す終助詞。

【いたづらに】…むだに、むなしく。

雨に降り込められ、色あせてしまった花に、容色《ようしょく》の衰えた自分自身を重ねていま す。でも、それだけだと、ただの愚痴。美女の誉《ほま》れ高い小町にとって、容色の衰えは確かに寂しい現実だったかもしれません。けれど、小町が見ているのは、色あせてしまった（年をとってしまった）という「結果」よりも、そういう結果をもたらした、時の流れの不思議さのほうではないかしら。わたしが嘆《なげ》きとともに、この歌に読み取ってみたいのは、自分自身を含め、移ろいゆく運命を負った、すべてのものに対する懐《なつ》かしさのようなもの、哀惜《あいせき》の念です。さらにいうのなら、小町は、「人生にはそうして限りがあるけれど、和歌（詩）には永遠に通じる道がある」と、どこかで感じていたような気がするのです。だからこの歌には、一見、自虐的《じぎゃくてき》に自分を見つめているようで、絶望感がありません。「よにふる」と「ながめ」の部分は、「夜《よ》に降る長雨」と「世に経《ふ》る眺め」（世の中を生き続け、物思いにひたる）の掛詞《かけことば》。まさに超絶《ちょうぜつ》技巧！

小町は六歌仙《ろっかせん》、三十六歌仙にも選ばれた歌の名手。伝説はたくさん残っていますが、その生涯は、本当のところ、よくわかっていません。

10

これやこの　行《ゆ》くも帰《かへ》るも　別れては
知るも知らぬも　逢坂《あふさか》の関《せき》

蟬丸《せみまる》
［生没年未詳］

後撰集《ごせんしゅう》
雑

これがまあ、あの逢坂《おうさか》の関
行く人　帰る人
ひっきりなしに
知った人　知らない人も
行き交い　別れ
また　めぐりあう
逢《あ》うは別れの
逢坂の関

❖ことばのメモ

【これやこの】…これが噂《うわさ》のあの。

【行くも帰るも】…逢坂の関を通って京都から出て行く人も帰って来る人も。

【別れては】…「ては」がついて動作の反復の意を表す。別れては逢い、逢っては別れる。

【逢坂の関】…山城国《やましろのくに》（京都府）と近江国《おうみのくに》（滋賀県）の境にあった関所。人々はここを越え東国へと向かった。

逢坂の関は、京都と滋賀の境にあったという関所。「場」の賑《にぎ》わいが、言葉の折り返しやリズミカルな音によって、臨場感たっぷりに伝わってくるでしょう。東国へ向かう人（東下り）、京の都へ帰る人……。人々の声や行き交う足音まで聞こえてきそう。『後撰集』の詞書《ことばがき》には、逢坂の関に庵室《あんしつ》をつくって住んでいたとき、関所を行き来する人々を見て詠《よ》んだとあります。でも蟬丸の生涯は謎だらけ。宇多天《うだてん》皇《のう》の皇子・敦実《あつざね》親王の雑色《ぞうしき》（雑務をこなした位の低い事務職のようなもの）だったとか、醍醐《だいご》天皇の第四皇子だったとか。『今昔物語』や『平家物語』にも出てくるし、能や人形浄瑠璃《じょうるり》にも取り上げられているけれど、共通しているのは、「盲目《もうもく》の天才琵琶《びわ》弾《ひ》き」だったというイメージ。伝説どおりに盲目であったとしたら、蟬丸は関所にたつ音に耳を傾け、聴覚だけからこの歌を作ったことになります。弾みがあって楽しい歌だけれど、いろいろ調べて読んでみると、少し印象が違ってくると思う。逢うは別れの始まりだというけれど、そんな無常観も感じられます。ユーモラスな歌ですが、人生の哀感がほのかににじむ。そこに書かれていないことも、和歌は伝えます。

11

わたの原《はら》　八十島《やそしま》かけて　漕《こ》ぎ出《い》でぬと
人には告《つ》げよ　海人《あま》の釣舟《つりぶね》

参議《さんぎ》篁《たかむら》［802－852年］

古今集《こきんしゅう》　羇旅《きりょ》

大海原《おおうなばら》
島々　めざし
（遠流《おんる》の島へ）
いま　漕ぎだしていった男がいると
伝えてくれるか
（あのひとに）
海人の　釣り船よ

ことばのメモ

【わたの原】…「わた」は海の古称《こしょう》。

【八十島かけて】…「八十島」は数多くの島。「かけて」（掛《か》く・懸《か》く）は目標に対して働きかけをすること。ここでは「目ざす」意。

【人には告げよ】…この「人」は一般名称でなく、妻などの想い人。

『古今集』の詞書《ことばがき》によれば、参議篁＝小野篁《おののたかむら》が隠岐国《おきのくに》に流人《るにん》として流された際、いよいよ船に乗って出発するときに、京にいる人に贈った歌ということになっています。なぜ流されることになったのか。実は彼、遣唐使《けんとうし》として唐へ渡ろうとしていたんです。当時、海を渡ることは簡単なことではなかったといいます。ときには暴風でとりやめになったことも。篁の場合は、いよいよ出発となったとき、藤原常嗣《ふじわらのつねつぐ》と船をめぐって争いになりました。そのとき篁は病気を装い、乗船を拒否したばかりか、その後、遣唐使を風刺した詩を作ったりもしたものだから、嵯峨上皇《さがじょうこう》の逆鱗に触れ、八三八年、隠岐へ島流しになったのです。隠岐といえば流刑地のなかでも最も遠い「遠流の島」。その後は二年で許され帰京したらしいのですが、さすがの篁も不安だったことでしょうね。都へ向かう船に向かって、思わず弱気を吐露《とろ》したわけです。釣舟の海人に、でなく、海人の釣舟に向かって言ったところが面白いでしょ。

小野篁は漢詩文や書に優れた人でしたが、直情的な性格が災いして、「野狂《やきょう》」などと呼ばれたという話も残っています。

12

天つ風《あまつかぜ》　雲の通ひ路《かよひぢ》　吹きとぢよ《ふきとぢよ》
をとめの姿　しばしとどめむ

僧正遍昭《そうじょうへんじょう》
［816－890年］

古今集
雑

天空の風よぉ
吹き渡れ　吹き渡って
天地の通い路《じ》をとざしておくれ
あまおとめたちが
天上へと帰ってしまう前に
あの舞姿《まいすがた》をどうにかして
もう少しだけ
地上にとどめておきたいんだぁ

ことばのメモ

【天つ風】…天空の風。「つ」は格助詞で、「の」に置き換えて読むことができる。

【雲の通ひ路】…天上と地上を結ぶ雲のなかの通路。乙女たちはそこを通って、天と地とを行き来する。

乙女《おとめ》が出てくるので、昔から女の子に大人気の札だったんですよ。でも具体的にはどんな風景が詠《うた》われているのか、ちょっとだけ、詳しく見てみましょ。『古今集』詞書《ことばがき》には、「五節《ごせち》の舞姫《まいひめ》を見て詠《よ》んだ」とあります。五節の舞とは、宮中の儀式「豊明 節会《とよあかりのせちえ》」という宴《うたげ》で五人の未婚の娘たちが舞う踊りのこと。天から舞い降りた乙女たちの伝説に基づいていて、伝統ある宮中の行事でした。僧正遍昭は娘たちを、その伝説の天女《あまおとめ》に見立てたんですね。あまりに美しいものだから、彼女らが天に帰ってしまう前に「通い路」を閉ざし、帰れなくしてくれとあえて無理なお願いをしているわけ。二句目にある、通ひ路の「ぢ」、三句目にある、「吹きとぢよ」の「ぢ」。こうした重なりも、声に出してみるとよろこびがあります。実はこの人の歌、「真《まこと》少なし」などと、内容の乏しさを批判されたこともあったの。確かにこの歌も、綺麗《きれい》な娘たちを愛《め》でているだけ。悩み事はゼロ。浅いと感じる人もいるかもしれません。でも宴を盛り上げ祝う、こんな明るい和歌が宮中には必要だったと思います。

作者・僧正遍昭は、俗名《ぞくみょう》・良岑宗貞《よしみねのむねさだ》。桓武天皇《かんむてんのう》の孫にあたり、素性法師《そせいほうし》（21番）のお父さんです。

13

筑波嶺《つくばね》の　峰《みね》より落つる　みなの川《がは》
恋《こひ》ぞつもりて　淵《ふち》となりぬる

陽成院《ようぜいいん》［868―949年］

後撰集《ごせんしゅう》
恋

筑波山の
山肌《やまはだ》を　すべり落ちた水も
やがては　集まって
みなの川の流れとなる
そのように
わたしの恋も
積もり積もって
淵　となりました

ことばのメモ

【筑波嶺の】…常陸国《ひたちのくに》（茨城県）の筑波山《つくばやま》。男体山《なんたいさん》と女体山《にょたいさん》からなる。

【みなの川】…男女川《みなのがわ》。男体山、女体山それぞれから流れ出て、一本の川となる。

【淵】…流れの澱《よど》んだ底が見えないほどの水の溜りのこと。ちなみに「淵」と対になるのが「瀬」で、流れが浅く歩いて渡れるようなところを指す。「浅瀬」などと使う。「逢瀬《おうせ》」のように何かの「機会」の意味で使われることも。

後に陽成院の后《きさき》となった、綏子《すいし》内親王《ないしんのう》へ捧げられた恋の歌です。「淵」ということばが決め手ですから、「ことばのメモ」で、押さえておいてね。上《かみ》三句では川のことを話していて、下《しも》二句でいきなり恋のことが出てくる。つまり川にたとえて恋の話をしているわけね。恋の思いが積もり積もって淵となったとあるけれど、どんな思いでしょう。「淵」は深い水の溜りのことだから、どうも、ルンルンと楽しげに流れる川じゃない。とすると、そこには恋のよろこびよりも、嫉妬とか哀しみなど、重たい感情が入っているんじゃないかしら。この歌のもう一つの特徴は、茨城県の筑波山や、みなの川（男女川と書きます）といった「歌枕《うたまくら》」が詠《よ》み込まれていること。筑波山は男体山と女体山からなり、男女が歌を交わしながらカップルになる歌垣《うたがき》が行われた場所でもあったのよ。

陽成院は、異常で狂暴だったといわれるその性質が災いし、十七歳のとき、在位八年ほどで、摂政《せっしょう》の藤原基経《ふじわらのもとつね》により皇位を退かされました。基経は母（藤原高子《たかいこ》）の兄、つまり伯父《おじ》です。見かねたのでしょう。精神的な病いに冒《おか》されていたともいわれていますが、真相はわかりません。

14

陸奥《みちのく》の　しのぶもぢずり　誰《たれ》ゆゑに
乱れそめにし　われならなくに

古今集
恋

河原左大臣《かわらのさだいじん》［822−895年］

◈ことばのメモ

【陸奥】…現在の東北地方東部。

【しのぶもぢずり】…乱れ模様の摺《す》り染めの布。しのぶずり（忍《しのぶ》摺り／信夫摺り）に同じ。「しのぶ」は忍草《しのぶぐさ》、あるいは陸奥国信夫郡（現在の福島県）から来ているともいわれる。

【乱れそめにし】…そめは「初め」だが「染め」も暗示。恋のために、乱れはじめてしまった、の意。

【われならなくに】…わたしのせいではないのに。

みちのくの
信夫《しのぶ》もぢずり
乱れ染め
乱れ初《そ》むのは　わたしのこころ
あなたをおいて　他の誰《だれ》に
これほど
心を　乱されましょう
（あなたのせいですよ）

「陸奥の　しのぶもぢずり」というのは、忍草を布にすりつけて面白い乱れ模様に染めたもの。ごつごつとした岩に布をあてがい、上から忍草などの草の汁をすりつけたようです。岩肌を利用するというだけに、予想できない乱れ模様ができたのでしょう。色が布にのり移るというのも、恋情《れんじょう》が相手に伝わり移ることを想像させます。こんなものを歌に詠《よ》んだのも恋のために乱れた、その「乱れ」ということを言いたいがためなんですね。「われならなくに」という部分は意味がとりにくいですが、「〜なくに」が「〜ではないのに」の意。「誰ゆえにこうして乱れはじめてしまったのでしょう。わたしのせいではないのに」。つまり、「他でもない、あなたのせいだ」ということを言外に示しています。

作者の河原左大臣は源融《みなもとのとおる》。嵯峨天皇《さがてんのう》の皇子です。陸奥を愛し、陸奥にあった塩竈《しおがま》の浦《うら》の景色をまねて庭をつくり、鴨川《かもがわ》の近くに「河原院」と呼ばれた豪邸をかまえました。それで河原左大臣と呼ばれたそうです。風流人だったのですね。『源氏物語』の光源氏のモデルではないかという説もあります。

15

古今集 春

君がため　春の野に出《い》でて　若菜《わかな》つむ
わが衣手《ころもで》に　雪は降《ふ》りつつ

光孝天皇《こうこうてんのう》［830－887年］

野におりたち
あなたに　さしあげるため
早春の若菜を
摘《つ》みました
袖《そで》には
淡雪《あわゆき》が
ふる　ふる
ふりかかる

❖ことばのメモ

【君がため】…君のために。君は相手への敬称。

【若菜】…春の七草のこと。せり、なずな、ごぎょう、はこべら、ほとけのざ、すずな、すずしろ。

「春の野」と書いてあっても、歌のなかでは雪が降っていますよ。旧暦《きゅうれき》一月。まだまだ寒い頃ですが、暦の上ではもう春なんです。『古今集』詞書《ことばがき》によれば、光孝天皇がまだ若い親王《みこ》でいらっしゃったとき、人に若菜をお与えになった折の歌だということです。今でも正月七日になると、七草粥《ななくさがゆ》を食したりするでしょ。芽吹きのエネルギーのつまった春の七草は、古来、無病息災を願う食材だったのですね。若菜が具体的な贈り物だとしたら、心は和歌のほうに宿っています。物と心の、ずいぶんと贅沢《ぜいたく》なプレゼントをなさったものです。若菜の瑞々《みずみず》しい緑と、雪の白さの対照も効いていますね。なお、『百人一首』では、1番の歌でも衣手（袖）が濡《ぬ》れています。いずれの袖も、我が袖でありながら、自然と一体化して、詩の価値を帯びた袖です。

光孝天皇は、陽成天皇《ようぜいてんのう》の後を受けて即位しました。そのときすでに五十五歳。親王時代が長かったんです。擁立したのは時の実力者、藤原基経《ふじわらのもとつね》。光孝天皇の背後では、この基経が関白として実際の政権を握っていました。

16

立《た》ち別《わか》れ　いなばの山の　峰《みね》に生《お》ふる
まつとし聞かば　今帰《かへ》り来《こ》む

中納言行平《ちゅうなごんゆきひら》［818―893年］

古今集
離別《りべつ》

お別れだ
わたしは　旅立つよ　因幡《いなば》の国へ
だがきみよ　覚えておいてくれ
いなばの山の峰に生える
松のように
きみがわたしを待つ
と言うなら
いますぐにだって　帰ってくるさ

❖ことばのメモ
【立ち別れ】…「立ち」は動詞の上につき、意味を強める接頭語。
【いなばの山】…因幡国（鳥取県）にある稲《いな》羽《ば》山《やま》。往なば（もし行ってしまっても、の意味）と掛詞《かけことば》にもなっている。
【まつとし聞かば】…「待つ」と「松」とが掛詞。「し」は語を強める副助詞。

中納言行平が因幡守《いなばのかみ》に任ぜられ、その赴任地《ふにんち》に赴《おもむ》く際、催された送別会で詠《よ》んだというのが通説です。『古今集』でも「離別」の冒頭に掲《かか》げられています。このとき行平は三十代の終わり、地方赴任には、あまり心が進まなかったかもしれません。掛詞が二つ出てきます。一つは、「因幡」の国と「往なば」（もし、都を去ったならば、の意味）。もう一つは「松」と「待つ」。「今帰り来む」の「今」は、「すぐに」の意味ですが、これは建前でしょうね。すぐに帰ってこられるはずもありませんし、また、京に残される人々が、「帰ってきてくれ」とは、何かよほどのことがない限りは言うはずもない。すべてわかった上であえてこう書いたのでしょう。松を紹介することで、さらりと赴任先のイメージも伝える。同時に去っていく都の人々へ「挨拶《あいさつ》」を贈る。松は常緑樹で、樹木としての姿にも頼もしさがありますから、別れを詠んでいても、あまりものさびしさはなく、歌にはどっしり感が漂っています。

中納言行平＝在原《ありわらの》行平は、平城天皇《へいぜいてんのう》の皇子阿保《あぼ》親王の子。在原業平《なりひら》の異母兄です。兄弟ともに在原姓を賜与《しよよ》され臣籍降下《しんせきこうか》＊しました。

＊臣籍降下　皇族が身分を離れて姓を与えられ臣下の籍へ降りること。

17

ちはやぶる　神代《かみよ》も聞かず　龍田川《たつたがは》
からくれなゐに　水《みづ》くくるとは

在原業平朝臣《ありわらのなりひらあそん》［825－880年］

古今集
秋

聞いたこと　ないぞぉ
ちはやぶる　神々《かみがみ》の時代にだって
この龍田川《たつたがわ》が川の水を
真っ赤な紅葉で
唐《とう》の紅色に
括《くく》り染めする――
なぁんてことは

ことばのメモ

【神代】…いろいろ不思議なことの起きた、神々の生きていた時代。

【龍田川】…立田川とも。奈良県生駒《いこま》郡を流れる川の名称。

【からくれなゐ】…韓紅《からくれない》・唐紅。外国から渡来《とらい》した、大変美しい濃い紅色のこと。

【水くくる】…くくり染め（絞り染め）にすること。主語は龍田川で擬人法。

「ちはやぶる」といえば、漫画のタイトルで一躍有名になりました。「千早振《ふ》る」と書き、それ自体でも、勢いが強い、霊力《れいりょく》が盛んである様をいいますが、神などにかかる枕詞として使われます。その語感からも、本当に何かが噴き出しているようなエネルギーを感じますよね。『古今集』詞書《ことばがき》には、清和天皇《せいわてんのう》の皇后（藤原高子《ふじわらのたかいこ》）が「皇太子妃《ひ》」と呼ばれていた頃、お祝いの屏風絵《びょうぶえ》を見て（業平が）詠《よ》んだとあります。だから実際の風景を見て詠んだわけじゃないんですね。言われてみると、本当に絵のような歌で、あまり動きは感じられません。ちなみに業平と藤原高子は恋愛関係にあったとされ、「伊勢物語《いせものがたり》」には二人の悲恋が描かれているともいわれています。「からくれなゐに水くくる」の部分は、龍田川が川の水を、唐紅に括り染めにしたという解釈にならっておきました。当時、唐の紅色は、日本の染色技術では出せない色だったようです。紅葉の形容にはぴったりの、本当に鮮やかな紅色だったのでしょう。

在原業平朝臣は稀代《きだい》の歌人であると同時に、色好みの美男の代名詞にもなっています。平城天皇《へいぜいてんのう》の皇子阿保《あぼ》親王の第五子。高貴な生まれながら、兄と共に在原姓《せい》を賜り臣籍降下《しんせきこうか》しました。

18

住《すみ》の江《え》の　岸に寄《よ》る波　よるさへや
夢の通《かよ》ひ路《ぢ》　人目よくらむ

藤原敏行朝臣《ふじわらのとしゆきあそん》
［生年未詳～901年／907年とも］

古今集
恋

すみの江の岸に　波が寄る
寄せてはかえす　夜までも
わたしは　夢の通い路をゆく
あの人に会いたい　夜までも
もう誰に見られることもない
なのになぜ人目を避けるのか
夢のなかなのに
このわたしは

❖ことばのメモ
【住の江】…現大阪市住吉区《すみよし》の住吉大社《すみよしたいしゃ》付近にあった入り江。

【よるさへや】…「さへ」は添加《てんか》の副助詞。「までも」の意。昼はもちろん夜までも。「や」の係助詞を受けて、係り結びで末尾《まつび》が「らむ」と結ばれる。

【通ひ路】…男が女のもとへ通う路。

【人目】…他人の見る目。

「岸に寄る波よるさへや」って、いいリズムでしょう。「よる」の同音反復が、寄せては引き返す波のような揺れを作っています。初句と二句が、三句目の「よる」（夜）を導き出す序詞《じょことば》という役目を負っています。意味がとりにくいのが「よるさへや」以降ですね。「夢の通ひ路」とありますから、この人、夢のなかでも、恋人に逢《あ》いに行くため路を急いでいるんです。夢解《ゆめと》き（夢占《ゆめうら》、夢合せとも）ということばがあるように、夢は平安時代の人々にとって、とても重要なものでした。「人目よくらむ」の「よく」とは「避《よ》く」（避ける）ということ。人目を避けようとしているのを、わたしは「自分」と取って現代語訳してみました。推量の「らむ」、そして三句目にある疑問の「や」とあわせて、「なぜ避けているのですか」という意味を作ります。夢なのだから自由に心を解き放てばよいものを、人の目を避けることが習いになっていて、夢でも人の目を避けているんです。そういう自分に作者は驚き、そこに哀れを感じたのではないでしょうか。

藤原敏行朝臣には、「秋来《き》ぬと目にはさやかに見えねども風の音にぞ驚かれぬる」というよく知られた歌もあります。三十六歌仙《かせん》の一人で、歌のほか書にも優れた人でした。

19

難波潟《なにはがた》　短き蘆《あし》の　ふしの間《ま》も
逢《あ》はでこのよを　過《す》ぐしてよとや

伊勢《いせ》

［生没年未詳。875頃―938年頃］

新古今集
恋

難波潟《なにわがた》に　おいしげる蘆の
節《ふし》と節との間《ま》
あのように短い
束の間の時さえも
逢《あ》わないままで
この世を過ごせというの
ひっどい人ね

❖ことばのメモ

【難波潟】…今の大阪湾のあたり。蘆の生い茂る名所。

【ふしの間】…蘆の茎にある区切りが「ふし」（節）。その「節と節の間」から転じて、ほんの短い間の意味。

【逢はで】…「で」は、「ず」（打ち消しの助動詞）の機能を持った接続助詞で、「逢わないままで」の意味を作る。

蘆は二メートル以上にもなるイネ科の多年草。水辺などに繁殖《はんしょく》するけれど、茎《くき》には節があり、その節と節との間が、つかの間の短さにたとえられたのですね。「逢はで」の「で」は、「ず」（打ち消しの助動詞）の機能を持った接続助詞。「過ぐしてよとや」は、ちょっと難しいけど、過ぐし（「過ぐす」の連用形）＋てよ（完了の助動詞「つ」の命令形。～［し］てしまえ）＋とや（格助詞「と」と係助詞「や」。～というのか）ということになり、過ごせというの？　まあなんてひどい人かしらというほどの意味になります。恋の嘆きと恨みの歌だけれど、とりわけ末尾《まつび》の、「過ぐしてよとや」には、意味以前の、その音韻《おんいん》に、哀しみを訴える高く切迫した調子が感じられませんか。けれど、この嘆きを抱きとめてくれる相手はいない。悲痛な声の残響がいつまでも宙空に漂っているような歌です。

伊勢というのは父親の職名。宇多天皇《うだてんのう》の中宮《ちゅうぐう》・温子《おんし》に仕え、宇多天皇からも寵愛を受けました。天皇退位後は、その第四皇子敦慶《あつよし》親王と恋愛関係に。二人の娘・中務《なかつかさ》は歌人として名が残りました。歌の才能のみならず、恋多き美女としても知られた伊勢でしたが、晩年は不遇だったともいわれています。

20

わびぬれば　今はた同じ　難波《なには》なる
みをつくしても　逢《あ》はむとぞ思ふ

元良親王《もとよししんのう》［890―943年］

後撰集《ごせんしゅう》
恋

思い悩んだが
やっぱり同じこと
難波潟《なにわがた》にある澪標《みおつくし》
ではないが
この身を尽《つ》くし
ほろぼしても
あなたに　逢いたい
ただ逢いたいと思うのです

ことばのメモ
【わびぬれば】…「侘《わ》ぶ」とは、思い煩《わずら》う、せつなく思う、思い悩む、などの意味。
【はた】…副詞。やはり、また。

この身を尽くしても、ただひたすら、逢いたい逢いたいというラブソングです。この歌が収められていた『後撰集』詞書《ことばがき》に、この恋の背景がちょっと書いてあります。恋の相手は、宇多天皇《うだてんのう》の后《きさき》、京極御息所《きょうごくのみやすどころ》（藤原褒子《ふじわらのほうし》）。彼女との秘めたる恋が世間にばれ、噂になってしまった。そのとき彼女へ贈った歌なのです。天皇の后と密通していたのですから、これはさすがに大変なこと。でも、この歌ではどうでしょう。半ば開き直って覚悟をしています。思い煩い悩んだからには、もう、どうなっても同じこと、そうしてただ逢いたいと詠《うた》う。「難波なる」の難波は、一つ前の19番の歌にも出てきた難波潟です。「みをつくし」とは「澪標」と書きますが、海の水深を測り、舟に水路を示す杭《くい》の棒のことです。「身を尽くす」と掛詞《かけことば》になっているのがわかりますよね。身を尽くすというのは、究極的には命を失ってもかまわないということですから、命をかけても逢いたいというわけです。元良親王は、陽《よう》成天皇《ぜいてんのう》（13番）の第一皇子。でもお父さんの後を継いで天皇にはなれませんでした。色好みの美男子だったといわれています。

21

今来《こ》むと　いひしばかりに　長月《ながつき》の
有明《ありあけ》の月を　待《ま》ち出《い》でつるかな

素《そ》性《せい》法《ほう》師《し》
[生没年未詳]

古今集
恋

すぐに逢《あ》いにいく
そう　言ってくださったから
長い夜を明かして
待っていたのに
空には有明の月
月を待っていたわけではないのに
あなたを待っていたのに

ことばのメモ

【今】…ここで使われている「今」は、すぐにという意味。
【長月】…陰暦《いんれき》の九月のことだが、晩秋にあたるので、すでに夜が長い。
【有明の月】…月の後半（十六日以降）、夜明け方の空に残っている月。

この時代は、男性が女性のもとへ通ってくるのが一般的でした。だから「すぐに逢いにいくよ」と言ったのは男性でしょう。とすると、この歌は男性である素性法師が、女性になりかわって詠《よ》んだものと考えられます。今でもわたしたちは、「ああ、待ちくたびれた」なんて言いますよね。待つというと受け身のようですが、待ちながら思い続けるわけですから、体は動かなくとも心は活発に動いている。案外、激しい精神的な行為といえるかもしれません。恋しい人をずっと待っていたら、夜が明けてしまった。虚《むな》しく白けた心に、明け方の白い残月が重なります。「待ち出づ」というのは、出るのを待つという意味の面白い動詞です。この歌で言えば、待つのは人で、出るのは月。月が出るのを待っていたわけじゃないんだけれど、結果として、月の出を待つことになってしまった、ということ。想い人は来なかったんです。嘆きながら、人を恨んでいますが、取り残された女性と月の組み合わせは、なんだかユーモラスですよね。

素性法師の生没年はわかっていません。僧正遍昭《そうじょうへんじょう》（12番）の子で、三十六歌仙《かせん》の一人です。

22

吹《ふ》くからに　秋の草木《くさき》の　しをるれば
むべ山風《やまかぜ》を　あらしといふらむ

文屋康秀《ふんやのやすひで》
［生没年未詳］

古今集
秋

なぁるほど
吹けば　たちまち
しおれてしまう
秋の草木も
色あせて
だから　山風を
嵐《あらし》というのだな
ああ、なるほど

ことばのメモ

【吹くからに】…「からに」は、～するとすぐ。～するやいなや。

【しをるれば】…「しをる」は草木が萎《しお》れてぐったりすること。その已然形《いぜんけい》に原因・理由を表す「ば」がついている。

【むべ】…「らむ」と呼応して、なるほど～なのだろう。

【あらしといふらむ】…「嵐」と「荒《あら》し」が掛詞《かけことば》。「らむ」は推量の助動詞。

山と風とを合わせると、「嵐」になるでしょう。これはそういう漢字ゲームの歌です。同じ趣向の歌として、『古今集』にある紀友則《きのとものり》（33番）の歌をあげてみますね。

雪ふれば木毎《きごと》に花ぞ咲《さ》きにけるいづれを梅とわきて折らまし

（雪が降ると、それぞれ木毎の枝に雪の華《はな》が降り積もり、それが梅の花のようなので、雪なのか、梅なのか、どのように区別して手折《たお》ったらよいのでしょう）

ここに「木毎」ということばが出てきますが、木に毎と書くと梅になるでしょう。こういう歌の作り方には、中国の漢詩の影響が指摘されています。

さてこの歌、意味を取る前に音の面白さもありますね。「吹くからに秋の草木の」には、か行の音が折り重なるように入っている。「しをるれば」は萎れるのでという意味ですが、ら行の音がころころところがり、「むべ」という副詞も、合いの手のようにさくっと絶妙に入っています。何度か口に出して読むうちに、この歌のなかに風がおこる。ことばの葉音がおこした風です。

文屋康秀の生没年はわかっていません。文屋朝康《あさやす》（37番）の父。六歌仙《ろっかせん》の一人でした。

23

月見れば　千々《ちぢ》に物こそ　悲しけれ
わが身ひとつの　秋にはあらねど

大江千里《おおえのちさと》［生没年未詳］

古今集
秋

お月さんを見れば
物哀《ものがな》しい思いが
さまざま　わいてくる
秋がきた
きたといっても
おれだけにやってきたわけじゃない
そうなんだけど
なぜかこの身にさびしさが極まって

❖ことばのメモ
【千々に】…いろいろに、さまざまに。ちぢの「ぢ」は、「はたち」とか「みそぢ」の「ち」。数を表す語に付く接尾語《せつび》。

この歌に出てくる数に注目してみてください。「千」と「一」とがあるでしょう。千のほうはいいとしても、「わが身ひとつの秋」ではないということの言い方、面白いけれど、理屈《りくつ》っぽくてよくわからないですよね。

実は、白楽天《はくらくてん》の漢詩の一部、「燕子楼中霜月夜《えんしろうのなかそうげつのよる》／秋来只為一人長《あききたってただひとりのためにながし》」を踏《ふ》まえているんです。漢詩のほうでは、秋がただ一人（残された愛人）のために長いとあって、一人残された女の悲哀が扱われている。こちらの和歌では、自分だけの秋ではないと否定しながらも、悲哀《ひあい》が我一点に集中しているかのような心持ちを控えめに嘆いています。秋を独占しているような身勝手さではなくて、あくまでも悲哀の濃さが言わせた感慨なのでしょう。月を見るうちに、さまざまな思いがわきあがってきて、心が煮詰まっちゃったのではないかしら。

大江千里は漢学者・大江音人《おとんど》の子で、父を継ぎ、自らも漢学・歌学を修めた人です。

24

このたびは　幣《ぬさ》も取りあへず　手向山《たむけやま》
紅葉《もみぢ》の錦《にしき》　神のまにまに

菅家《かんけ》［845－903年］

古今集　羇旅《きりょ》

この旅では
ぬさをたむけることもできない
手向山の
すばらしい紅葉
あれはもう　ぬさ以上　じゃないか
あとは
神のみこころにおまかせします

ことばのメモ

【手向山】…神様に手向《たむ》け（供えものをする）をする山。固有名詞ではない。

【紅葉の錦】…錦織りの着物のように鮮やかな紅葉のこと。

【神のまにまに】…神の御心《みこころ》にまかせて、まにまに（漢字では、「随《まにま》に」と書く）。

菅家とあるのは菅原道真《すがわらのみちざね》のことです。学問の神様としてよく知られていますよね。当時、道真は漢詩人としても知られ、宇多天皇《うだてんのう》に重用されたことから、政治に携わるようになったようです。この和歌は、その宇多天皇が退位したときに、奈良に道真ほか、随行員《ずいこういん》を伴って旅行し、その折に詠《よ》まれた歌とされています。「このたびは……」には、「度」と「旅」が掛けられています。でも「幣《ぬさ》」ってことばがよくわからないですよね。字は見たことがあるはず。貨幣《かへい》の「幣」です。元は旅の安全を祈って作られた神様への捧げ物で、色絹とか錦などの布や紙を細かく切り、旅先に持参し撒《ま》いたとか。散らしたりできるところが、紅葉の質感と確かに似ています。当時は、紅葉に錦とか幣を見立てることが珍しくなかったようです。「幣も取りあへず」の意味がとりにくいですが、「取りあふ」は下に否定語を伴って、「しきれない」という意味を作ります。幣を捧げることができないから、かわりにそれよりもっとすばらしい、紅葉を幣として捧げます、あとは神様のみこころのままに……。というわけで、末広がりの、なんだかおめでたい歌です。

25

名にし負《お》はば　逢坂山《あふさかやま》の　さねかづら
人に知られで　くるよしもがな

三条右大臣《さんじょうのうだいじん》［873－932年］

後撰集《ごせんしゅう》
恋

逢坂山《おうさかやま》のさねかずら
逢って共に寝《ね》る、共寝《さね》だなんて
そんな名前を持ってるならば
その蔓《つる》を繰《く》って
あの人の元へ
密《ひそ》かに
行くことができればいいのになぁ

ことばのメモ

【人に知られで】…人とは他人。「で」は打ち消しの接続助詞。他の人に知られずに。

【くる】…（蔓）を「繰る」と「来る」の掛《かけ》詞《ことば》。「行く」ではないかとも考えられるが、ここは、女性の立場・視点から、来ると表現された。

【よしもがな】…「よし」は方法。「もがな」は願望の終助詞。

さねかずらって、常緑で赤い実をつけるツル性の植物です。いかにも恋の実という風情で可愛らしいんですよ。この歌には、女性に贈ったという詞書《ことばがき》がついています。さねかずらにこの一首が添えられていたのだとすれば、素敵じゃないですか？初句の「名にし負はば」は、名に負ふ、「〜という名前を持っている」ということです。「し」は意味を強める副助詞だから、抜いて読んでも意味はかわりませんが、これが入ることで六文字の字余りになってしまいました。でも、どうでしょう。この字余りが、悠々堂々《ゆうゆうどうどう》とした出だしの印象を作り、何かが始まる期待感を誘います。掛詞がたくさん駆使《くし》されているのも、この歌の特徴です。「逢坂山」と「逢う」、「さねかづら」と「共寝《さね》」、「くる」には「来る」と（蔓を）「繰る」とが掛けられています。技巧尽くしですが、「さねかづら」の野趣がにじみ出ていて、残るのはそうした技巧より、強くしなやかな蔓のイメージではないでしょうか。

三条右大臣とは藤原定方《ふじわらのさだかた》。内大臣高藤《たかふじ》の子です。京都の三条に邸宅があったことから、三条右大臣と呼ばれました。中納言朝忠《ちゅうなごんあさただ》（44番）は定方の子ですよ。

コラム　和歌のキーワード

【歌枕】うたまくら

和歌に詠《よ》み込まれた土地の名前のこと。香具山《かぐやま》、田子《たご》の浦《うら》、三笠《みかさ》の山、宇治《うじ》、筑波嶺《つくばね》、龍田《たつた》川、難波《なにわ》潟《がた》、淡路《あわじ》島《しま》、吉野《よしの》、逢坂山《おうさかやま》など、『百人一首』では四割ほどの歌に歌枕が入っています。「龍田川」といえば「紅葉」、「淡路島」には「千鳥」というように、歌のなかで組み合わせて詠まれてきたところから、土地のイメージができあがり、地名一つが、豊かな空間を広げるようになりました。「逢坂」と「逢《あ》う」、「宇治」と「憂《う》し」のように、掛詞《かけことば》として使われることもあります。地名の音に人の心が重ねられ、小さな和歌がふくらんでいくのです。

【枕詞】まくらことば

一定の言葉を導き出すために、その言葉の前に置かれ、修飾したり、語調を整えるために使われます。「あしびきの」は「山」や「峰《みね》」などにかかり、「ひさかたの」は、「光」とか「雲」「月」「空」などにかかります。「ちはやぶる」は「神」の枕詞です。

【詞書】ことばがき

歌の前に置かれている一種の前書きをいいます。「恋の歌として詠んだ」とか「歌合《うたあわせ》で詠んだ歌だ」とか「白菊《しらぎく》の花を詠んだものだ」など、「詞書」から歌の背景がある程度わかります。詞書に「題知らず」とあれば、和歌の詠まれた事情が不明であったり、とりたてて題名がないことを意味します（「本書の構成と和歌の基本事項」参照）。

【題詠】だいえい

――題詠の「題」はテーマ、「詠」は和歌を詠むこと、すなわちテーマにそって和歌を作ることをいいます。例えば76番の歌では、「海上遠望」という題目が出されていました。

【上の句・下の句】かみのく・しものく

――和歌を構成する、5・7・5・7・7のうち、5・7・5を上の句、7・7を下の句といいます（「本書の構成と和歌の基本事項」参照）。

【句切れ】くぎれ

――一首のなかの意味の切れ目を句切れといいます。初句切れ、二句切れ、三句切れ、四句切れがあります。句切れなしの歌もあります（「本書の構成と和歌の基本事項」参照)。

【掛詞】かけことば

一つのことばに、同じ音を持ちながら意味の違うことば(同音異義語)をかけあわせ、二つの意味を同時に響かせる技巧です。例えば、草の「枯《か》れ」と人が離れる意味の「離《か》れ」(28番)。「身を尽くし」と「澪標《みおつくし》」(船の航路の目印となるもの)(20番)など。自然のありさまに人のこころがかけあわされているのです。

【序詞】じょことば

一つの語句を導き出すための前置き部分。枕詞のように一語からなるのではなく、二句、三句にわたる長いものをいいます。3番の歌では、ながいということばを導き出すために、山鳥の尾について上の句全部を序詞として費やしています。

【字余り】じあまり

5音、7音をあふれて、表現されたもの。例えば57番の初句「めぐり逢《あ》ひて」は、5音のところ6音になっています。79番の四句目は「もれ出《い》づる月の」とあって、7音のところが8音になっています。この歌などは、気持ちのあふれ、月の光のあふれをことばが体現し、味わい深い調子を作っています。

【本歌取り】ほんかどり

古《いにしえ》の歌を元に、その心やことばを借りて、歌を作ることです。とはいえ、他の人の歌を単純に模倣するわけではありません。藤原定家《ふじわらのていか》は、「詞《ことば》は古きを慕ひ、心は新しきを求め……」と書きました。古の名歌を尊び、そのエッセンスを汲み取りながら、そこに新しい命を吹き込んで表現することが、本歌取りの

——精神だったのです。その結果、本歌の方もまた、新しい輝きを帯びることになります。

【見立て】みたて

——あるものを別のものになぞらえて表現する方法。例えば96番では、舞い散る桜の花を雪に見立てています。

【擬人法】ぎじんほう

——本来、人でないものを、人になぞらえて表現する方法。例えば86番では、「嘆《なげ》けとて月やは物を思はする……」と月を擬人化しています。

【縁語】 えんご

——意味やイメージが関係することばを一首のなかに盛り込んで表現する方法。例えば51番では、「さしも草」「燃ゆる」「ひ（火）」が縁語《えんご》。

【倒置法】 とうちほう

——語や文節を、通常の順序とは逆にして表現することです。順序が違うだけで印象が変わり、語句が強く心に残ったり、余韻が高まったりします。23番の歌は、上の句と下の句とをひっくり返し、置き直して読んでも意味は変わりません。

【体言止め】 たいげんどめ

——一首の最後を体言にすることで余韻を残します。例えば64番では「瀬々《せぜ》の網《あ》代木《じろぎ》」で終わったために、霧が動き、余情のように広がっていく印象を受けます。

第2章

百人一首の
面白さ！

26

小倉山《をぐらやま》　峰《みね》のもみぢ葉《ば》　心あらば
今《いま》ひとたびの　みゆき待たなむ

貞信公《ていしんこう》
［880−949年］

拾遺集
雑秋

小倉山《おぐらやま》の
峰を染めあげるもみじ葉よ
心があるのなら
もう一度の行幸《みゆき》まで
散らず　色あせず
待っていてほしいんだ
天皇に　いまあるままで
見ていただきたいから

ことばのメモ
【小倉山】…京都市・嵯峨《さが》にある山。紅葉の名所。
【みゆき】…天皇・上皇らが外出すること。上皇・法皇・女御の外出は「御幸」、天皇の外出は、「行幸」として区別した。

小倉山は京都の嵯峨にある紅葉の名所。鮮やかな紅葉は、本当に人の心を沸き立たせますよね。若い方々には、遠い心境でしょうか。この歌の内容は、それほど面白みのあるものではありません。あるとき、亭子院《ていじいん》（宇多《うだ》上皇）が、大堰川《おおいがわ》へおでましになったんです。そのときこの歌の作者・貞信公がお供をしていたんですね。あまりに紅葉が見事だったものだから、上皇がつぶやいた。「息子である天皇（醍醐《だいご》天皇）にも見せてやりたいなあ」と。それを耳にした貞信公は、上皇の気持ちをこの歌に託し、天皇へ奏上したということなのです。

歌は、紅葉によびかけていますね。天皇がここにいらっしゃるまで、散らずに今のままでいてくれと。それが「みゆき待たなむ」です。美しい風景を永久に留めたいという気持ちはわかりますけれど、普通は美しい風景をこちらから見に行くものです。当時、上皇や天皇の力は、紅葉が散るのを留め置くほど、偉大なものだったということなのでしょう。「みねのもみぢ」とか「みゆきまたなむ」には、ま行の音が転がっています。貞信公とは諡号《しごう》（貴人の死後に贈られる名前）で、藤原基経《ふじわらのもとつね》の子の藤原忠平《ただひら》のことです。

27

みかの原《はら》　わきて流るる　いづみ川《がは》
いつ見きとてか　恋《こひ》しかるらむ

中納言兼輔《ちゅうなごんかねすけ》［877―933年］

新古今集
恋

みかの原を分けながら
湧《わ》いて流れる泉川
いつ逢《あ》ったというのか
覚えがないんだ
覚えがないのに
あのひとが
なぜ　こんなにも恋しいのだろう

ことばのメモ

【みかの原】…山城国《やましろのくに》（京都府）相楽郡《そうらくぐん》にある地名。

【いづみ川】…現在の木《き》津《づ》川《がわ》。

恋の始まりを詠《うた》った一首です。「わきて流るる」の「わく」には、二人をわける「分く」と、恋心がわくの「湧く」とが掛けられています。「いつ見きとてか　恋しかるらむ」の部分は、意味を知る前に、音韻の面白さを味わってみてください。枝を次々に折るような木製の音が聞こえてくるでしょう。いつ見たというので恋しいのだろうという意味です。それにしても面白い心理が詠《よ》み込まれていますよね。逢ったかどうかわからないというのに、もう恋しいなんて。相手が魅力的な女人で、逢う前から、さまざまな噂を聞いているため、すっかり逢った気分になり、逢わないうちから恋をしてしまったのでしょうか？　当時、貴族の女性たちは御簾《みす》（蘆《あし》や竹を編んで作ったすだれのようなもの）の内側にこもって静かに暮らしていましたから、互いをよく知らぬうちから恋が始まるということは十分にあり得ます。雰囲気や匂いといった曖昧なものに、恋するほうの「妄想」が加わって、恋心が醸成されていく。恋する自分を、もう一人の自分がとまどいながら見ているというところでしょうか。

中納言兼輔＝藤原《ふじわらの》兼輔は、紫式部《むらさきしきぶ》の曾祖父《そうそふ》にあたります。当時歌壇《かだん》の中心的人物でした。三十六歌仙《かせん》の一人でもあります。

28

山里《やまざと》は　冬ぞ寂《さび》しさ　まさりける
人目《ひとめ》も草も　かれぬと思へば

源《みなもとの》宗于朝臣《むねゆきあそん》
［生年未詳―939年］

古今集
冬

山里は
冬がいちばん
さびしいよ
人は
訪ねてこなくなり
草も
枯れると思うから

ことばのメモ
【人目】…「他人の見る目」という意味のほか、「人の出入り」といった意味もある。
18番参照。

冬の山里の「さびしさ」を詠《うた》いながら、この歌にはまだ余裕があります。さびしさを美しさとしてとらえる心があるせいでしょうか。末尾に「〜と思へば」がありますので、作者の実体験というより、山里の冬のさびしさを想像しているのでしょう。「人目も草もかれぬと思へば」とありますが、「離《か》れ」（人が訪問しなくなる）と「枯れ」とが掛詞《かけことば》になっています。さびしいのは、草木が枯れるばかりでなく、人も離れるからだという。人が離れてしまうのを、自然現象のように、枯れ草と並べているのが面白いですね。冬ぞの「ぞ」は、意味を強める係助詞で、とりわけ冬こそ、ということになります。春夏秋もそれなりにさびしいけれど、冬が一番さびしいという。極まったものには、尖った鉛筆の芯のような美しさがあります。不思議な徳を持つ歌で、冒頭にも書いたように、歌を読み終わると、今このときがあたたかく感じられるのです。これも、「思へば」ということばの作用でしょうか。

源宗于朝臣は、光孝天皇《こうこうてんのう》の皇子・是忠親王《これただしんのう》の子です。臣籍降下《しんせきこうか》（16番＊参照）によって源姓を名乗りました。三十六歌仙《かせん》の一人です。

29

心あてに　折《を》らばや折《を》らむ　初霜《はつしも》の
置きまどはせる　白菊《しらぎく》の花

凡河内躬恒《おおしこうちのみつね》
［生没年未詳］

古今集
秋

あてずっぽうに
折ってみようか　折るというなら
今年初めの霜が降りた
白菊の花びらのうえ
花か霜か　霜か花か
惑《まど》わされてしまって
見分けがつかない

ことばのメモ

【心あてに】…あて推量に。根拠もないのに、あてずっぽうに。

【置きまどはせる】…「置く＋まどわす」で、置いてまどわせる。紛らわしくする。まどわせているのは初霜。

移りゆく季節のはざまにこそ、詩は生まれるものです。この歌の季節は晩秋から初冬にかけて。ある早朝のこと。白菊の花に初霜が降りました。「折らばや折らむ」とありますが、もし、折るというのなら折ってみようかということです。折ると決めたわけではなく、折らずに白菊をじっと見ていたのです。「拡大鏡」のような目で。実際のところ、霜と白菊とは見分けがつかないほど似ているものでしょうか。白菊の白は、絵の具を塗ったような固定した白であり、霜の白は、溶けるという予兆を含んだ、半透明の変化する白です。それはものをすっぽりと覆う雪の白さとも違っています。おそらく霜の奥に白菊の花びらが透けて見えているという感じだろうと思います。だから霜と花とを区別できないほど惑わせられるというのは、あまり現実的ではないようにも思いますが、しかし霜をかぶった白菊には、誰もが神秘的な美しさを感じることでしょう。詩のポイントは惑う心です。「白い歌」といえば、２番の「白妙《しろたへ》の」も思い出されます。あれは夏の訪れを詠《うた》った歌でしたね。

凡河内躬恒は地方官を歴任し、官位は低かったようです。でも歌人としては著名で、『古今集』の撰者の一人です。

30

有明《ありあけ》の　つれなく見えし　別れより
暁《あかつき》ばかり　憂《う》きものはなし

古今集
恋

壬生忠岑《みぶのただみね》
［生没年未詳］

ありあけの
白い月が
つれなく見えた　あの別れ以来
おれは
「あかつき」が辛《つら》くなった
毎日　やってくる
夜明け前　というこの時が

◈ことばのメモ
【有明】…夜が明けて間もない頃。あるいはその頃にかかっている月のこと。
【つれなく】…冷ややかで薄情、冷淡な。
【暁】…明時《あかとき》が変化した。段々と空が明るくなる夜明け前。

薄情に思えた明け方の別れのときから、明け方という時間帯が、みんな同じ憂色《ゆうしょく》に染められてしまったということですね。お気の毒に。何があったのかしら。つれなく見えたのが有明の月なのか、それとも薄情な女だったのか、説が分かれるようですが、つれない態度をとった女のせいで、きっと空の月までつれなく見えたんじゃないかしら。自然ってそうですよね。こちらがうれしいときには、空だって同じように輝いてみえる。

ところが、この歌が収められていた『古今集』では、前後に逢《あ》わずに帰ってきた恋歌が並んでいます。この配列を踏まえますと、会いに行ったのに会ってもくれなかった、あるいは女と明け方まで一緒にいたのにもかかわらず、思いをとげることができないで帰ってきた、ともとれます。女への恋心がまだ残っている以上、はねつけられた辛《つら》さと、そのとき仰ぎ見た月が一つのものになってしまったのでしょう。明け方は毎日、やってくるもの！　自然の摂理を恨んでもしかたがありません。作者には、早く新しい恋を見つけてくださいねといっておきましょう。

壬生忠岑は壬生忠見《ただみ》（41番）のお父さん。『古今集』の撰者の一人です。

31

朝ぼらけ　有明の月と　見るまでに　吉野《よしの》の里に　降れる白雪《しらゆき》

坂上是則《さかのうえのこれのり》

［生没年未詳。没年930年説も］

古今集　冬

ほのかに
夜があけてくる
有明の
月の白光かとみまがうほどに
吉野の里
いちめんに降る
雪の、あかるさ

ことばのメモ

【朝ぼらけ】…夜が明ける頃。夜明け方。
【吉野の里】…大和国《やまとのくに》（奈良県）吉野郡。桜と雪の名所。京の都からはやや遠い山里。

朝ぼらけ、有明の月、白雪と、ほのかに白いものがかけあわされ、幽玄《ゆうげん》な世界へ導かれる歌です。音がまったく聞こえてこないでしょ。真空管のなかにいるような雪の世界です。

『古今集』詞書《ことばがき》によると、京の都を出て大和国へ下ったときに、雪が降っているのを見て詠んだのですって。早起きしてこんな風景を見たのかしら。「有明の月と見るまでに」の「見るまでに」が、ちょっとわかりにくいですね。有明の月かと思えるほどまでにという意味です。雪も降っているし、有明の月が実際、空にあったとは考えられません。だからここは、有明の月光かと見間違うほど雪があかるかったということになります。この頃読まれていた漢詩には、月光を、雪や霜と重ねてみる比喩が散見され、そこからの影響もあるといわれています。最後の体言止めが効いていますね。ことばを止めることによって、余韻が生まれ、逆に歌のなかでは、雪がいつまでも降り続いているように思えます。

坂上是則は、蝦夷《えぞ》征伐《せいばつ》を成し遂げた征夷《せいい》大将軍・坂上田村麻呂《たむらまろ》の子孫と伝えられています。大和国の地方官なども歴任していますから、吉野の里は縁のあるところだったでしょう。蹴鞠《けまり》の名手だったと伝わっていますよ。三十六歌仙《かせん》の一人です。

32

山川《やまがは》に　風のかけたる　しがらみは
流れもあへぬ　紅葉《もみぢ》なりけり

春道列樹《はるみちのつらき》
［生年未詳－920年］

古今集
秋

山のなかを
走る川に
風がつくった
しがらみは
よどみたまって
せきとめられた
あの
鮮《あざ》やかな　紅葉《もみじ》のことさ

ことばのメモ

【流れもあへぬ】…あへぬは、「～あふ＋打ち消し」で、「完全に～しきれない」という意味を作る。完全に流れきれない。

「しがらみ」ということば、現代では「世間のしがらみがあって、好きなように行動できない」なんていうふうに、流れを阻害するものの「たとえ」として使うことが多いかもしれません。もともとはこの歌にあるように、川の流れをせきとめるために杭《くい》を打ち、そこに木の枝や竹などをからませたものをいったんですよ。この歌では、紅葉がよどみながら溜まっている様子を、「しがらみ」と見立てて、そのしがらみを風が作ったというふうに、擬人法《ぎじんほう》で表現しています。

『古今集』詞書《ことばがき》によれば、志賀の山越えで詠《よ》んだ歌だということです。京都から志賀寺詣《もう》でをするときに、山の峠道を通っていった。その途中で、作者は実際、こんな風景を見たのかもしれませんね。

それにしても、面白いところに目をつけたものです。川に溜まっている紅葉なんて、人によっては、単なるゴミとしか見えかねないもの。当時はとっても斬新な着想だったのではないかしら。春道列樹はほとんど無名の歌人だったらしいけれど、この一首で歴史に残ったといわれています。

33

久方《ひさかた》の　光のどけき　春の日に
しづ心《ごころ》なく　花の散るらむ

紀友則《きのとものり》
［生年未詳－905年前後］

古今集
春

ひさかたの
ひかりあふれる
のどかな春に
桜ばかりが
なぜ
散りいそぐ
あのように
落ち着きもなく

ことばのメモ

【久方の】…枕詞《まくらことば》。天、空、雨、月、雲、光などにかかる。

【しづ心】…静かな落ちついた気持ち。

前半の上《かみ》の句では、きわめて平和な、のどかな春の日が詠《うた》われています。それが後半の下《しも》の句になると、一転、桜が不吉に散りいそいでいる。一首のなかに、明と暗、緩《かん》と急の鮮やかな変化が見えるでしょ。音にも注目。上の句は、ひさかた、光、春の日と、ハ行が流れを作っている。ひらたい、へいわな、水平的イメージが残ります。この部分は、あくまでも客観的な描写。ところが下の句では、花の落下という垂直の運動が書きとめられていて、桜に対して、「しづ心《ごころ》なく」（落ちついた気持ちもなく）というとても主観的な気持ちを入れ込み、擬人法《ぎじんほう》で描写しています。水平から垂直へ、客観から主観へ、ここでもまったく違う要素が一首のなかに同居しています。光の射し方も微妙に違いますよ。前半ではあたり一面に春の日差しが万遍なく降り注いでいる。でも後半は桜だけにスポットライトがあたっているように感じませんか？　散りいそぐ桜は、なんだかちょっと、悲劇性を帯びたスターのようです。

紀友則は、紀貫之《つらゆき》（35番）の従兄弟《いとこ》。『古今集』の撰者の一人でしたが、完成前に死去したといわれています。三十六歌仙《かせん》の一人です。

34

誰《たれ》をかも　知る人にせむ　高砂《たかさご》の
松《まつ》も昔の　友ならなくに

藤原興風《ふじわらのおきかぜ》
［生没年未詳］

古今集
雑

老いたいま
友はみな世を去り
これから先
誰《だれ》を親しい友としよう
同じ長寿《ちょうじゅ》なら
高砂の松がある
だが松は松
昔っからの　友ではないよ

◈ことばのメモ
【誰をかも】…誰＋を（格助詞）＋か（疑問の係助詞）＋も（強調の係助詞）。
【知る人】…自分をよく知っている人。知人、友人。
【友ならなくに】…「～ならなくに」で、「～ではないのに」の意味。14番も参照。

「高砂の松」とは、播磨国《はりまのくに》（兵庫県）の高砂にある松のこと。長寿のシンボルですね。ところがこの歌の心境は、老いての孤独。長寿はめでたいけれども、気がつくと、友はみな逝《い》ってしまった。自分は独りだというわけです。誰を知る人にしたらいいのか、と嘆いていますが、「知る人」とは文字通り、自分が知り、自分をよく知る人、つまり親しい友のこと。若い方々には遠い心境かもしれません。ただ、孤独というのは、そもそも人間の本来に備わったもの。年齢を重ねるにつれ、その「本来」がむきだしになってくるだけのことかもしれませんね。歌の後半では、松はただの松だと、松に文句を言っているように聞こえます。確かに松は、人間の友のようには、助けてくれるわけではないでしょう。ただそこにじっと立つだけ。でもそのことが、深いなぐさめをくれることもありそうです。そんなあれこれを思って読むと、だんだんと、この松に作者の姿が重なります。友なんかじゃないなどと悪態をつきながら、どうしてどうしてこの松、頼もしい友のようであり、作者自身のようにも思えませんか。

藤原興風は官位こそ低い一生だったようですが、詩歌・管絃《かんげん》に優れた人でした。三十六歌仙《かせん》の一人です。

35

人はいさ　心も知らず　古里《ふるさと》は
花ぞ昔の　香《か》ににほひける

紀貫之《きのつらゆき》
［868頃―946年］

古今集
春

人のこころは
さあ　わからない
揺れ動き
あてにならないものだが
ふるさとの梅の花は
こうして　今も
香《かお》っているよ
少しも変わらずに

◈ことばのメモ

【いさ】…下に打ち消しを伴い（多くは「知らず」を伴う）、さあ、どうだろうか、という意味をつくる。

【古里】…生まれた土地の意味もあるが、ここでは「なじみのある土地」のこと。

【花】…花といえば桜を言うが、ここでは梅の花。

『古今集』詞書《ことばがき》で歌の背景がわかります。紀貫之が長谷寺《はせでら》の十一面観音を拝みに大和（奈良県）の初瀬《はつせ》に詣《もう》でるとき、いつも常宿にしていたお宿があったんですって。その宿を久しぶりに訪ねたときのこと。ご主人が「このように、宿はちゃんとありますのに（ずいぶん、ご無沙汰だったじゃあ、ありませんか）」と嫌味を言った。そこで貫之が宿に咲いていた梅の枝を手折《たお》ってこの歌を詠《よ》んだということです。「いさ」は「ことばのメモ」を参照してください。いざと混同しがちですが、濁《にご》りません。三句目に「古里」とありますが、前述の詞書からも、生まれ故郷というような意味でなく、古いなじみのある里というくらいの意味でしょうね。「人は」と「古里は」とが、対照的に詠み込まれているでしょ。比べているんです。人のこころは変わりやすいけれど、ふるさとの梅の木は変わらないよって。樹木は根を張りますから、いつも変わらずそこにある。けなげですね。心の目印にもなってくれます。

紀貫之は『古今集』の代表的撰者で、冒頭の「仮名序《かなじょ》*」を書くなど、批評能力もあり、この時代の代表的歌人でした。『土佐《とさ》日記』の作者でもあります。三十六歌《か》仙《せん》の一人でした。

*仮名序　仮名で書かれた序文。内容は、和歌を論じた歌論。

36

古今集　夏

夏の夜は　まだ宵《よひ》ながら　明けぬるを
雲のいづくに　月宿るらむ

清原深養父《きよはらのふかやぶ》［生没年未詳］

夏の夜は短い
日が暮れた
と思ったら
もう明けてしまって
さあ　それなら
姿を隠《かく》した月は
雲のどのへんに
隠れているのだろう

❖ことばのメモ
【まだ宵ながら】…まだは未だ。ある状態がずっと続いていることを示す。宵は夜に入って間もない頃。「宵のまま」という意味。
【いづく】…どこ。どちら。「いづこ」に同じ。

『古今集』詞書《ことばがき》によると、「月がきれいに空にかかっている夜、明け方に詠《よ》んだ」らしいです。この人、月を眺めながら夜更かししていたのでしょう。蒸し暑い夏の夜です。青白い月の光は、目にも涼しさを運ぶものだったに違いありません。だけど夏の夜って本当に短い。作者は途中、うとうとしていたんじゃないかしら。気づいたときには、空が白み始めていて、びっくりしたのでしょうね。「宵のまま明けてしまった」と表現しています。時間の流れのふしぎさを作者と共有してみましょう。空が明るみ始めると、夜のうちにはくっきりと中空に照り映えていた月も、陽の光にとけて姿を消してしまった。それを惜《お》しんで、雲のどこに宿っているのだろうと嘆いたわけね。夏の夜と月とがそれぞれの速さを競っているようで、面白い趣向の一首でしょう？　ああ、いつの間に……という驚きと嘆き、移ろう時への愛惜《あいせき》の念が感じられます。

作者・清原深養父は、清原元輔《もとすけ》（42番）の祖父で、清少納言《せいしょうなごん》（62番）の曾祖父《そうそふ》にあたる人です。

37

白露《しらつゆ》に　風の吹《ふ》きしく　秋の野は　つらぬきとめぬ　玉ぞ散りける

文屋朝康《ふんやのあさやす》［生没年未詳］

後撰集《ごせんしゅう》　秋

草の上の白露に
たえまなく
風が吹きつける
露は散りこぼれ
秋の野は
貫く緒《お》から　はずれた玉が
ふるえているよ
ひかっているよ

ことばのメモ

【風の吹きしく】…「しく」は「頻く」と書く。しきりに、絶え間なく〜する。風が吹きしきる。

【玉】…この歌では白露を玉にたとえている。白玉といえば、とくに真珠をさす。

花の終わった寂しい秋の野。草の上でふるえていた無数の白露が風に吹き散らされ、あちらこちらで光っている。そんな風景を、緒の切れた真珠玉《しんじゅだま》に見立てた歌です。

露が風に吹き散らされるとき、ザッと激しい音がたったことでしょう。荒涼とした野原ですが、人間の姿は見えてきません。作者すら、ここにはいないような感じがする。誰ともいえない神さまのような目が、この世の隙間からそっとのぞき見た風景のようです。「夜明けの野原だ」という解釈を読んだことがありますが、確かにぴったりきます。この野原には、まだ誰の視線にも汚されていない、まあたらしい時間の感触があるんです。「つらぬきとめぬ玉ぞ散りける」は、糸で貫いて留めておいた真珠玉が散らばってしまったという意味です。糸の切れた真珠のネックレスを想像してみてください。あっちにもこっちにも、玉がばらばらと散っている。でも散らかった感じはしませんよね。全体はむしろ、神秘的な力で一つにまとめられた風景という気がします。秋の歌ですが、冷気漂う空気感から、冬が近いことも伝わってきます。

文屋朝康は六歌仙《ろっかせん》の一人である文屋康秀《やすひで》（22番）の子。

38

忘らるる　身をば思はず　誓《ちか》ひてし
人の命の　惜《を》しくもあるかな

右近《うこん》
［生没年未詳］

拾遺集
恋

忘れられる
あたしのことは　もういいのよ
心配なのは　あなたのこと
命かけて
神に誓ってくれたわよね？
その誓いが　破られたいま
何が起ころうと　不思議はないわ
ああ　あなたの命が　惜《お》しい

ことばのメモ

【人の命】…夫婦や恋人などのあいだで交わされる「人」は、相手を表す「あなた」という二人称となる。ここでも「あなたの命」という意味に。

二句切れ（五・七の上《かみ》二句で意味が切れる）を意識して読んでみましょう。あなたから忘れられる、このわたしのことなんてもういいんです！　と言い切っている。そのあとに、深い沈黙。そうして一気に、あなたに対する未練とも皮肉ともとれる気持ちがざらりと歌われています。『大和物語』*八十四段にはこの歌が引かれていて、それを読むと、恋の相手が藤原敦忠《ふじわらのあつただ》（43番）だったとわかります。彼が右近に言ったんです。「あなたと永遠の契《ちぎ》りを結ぶことを神かけて誓います」って。なのに、敦忠は心変わりをしてしまった。神罰《しんばつ》があたって命を失くしても仕方がないというわけ。だけど一度は愛した人。命が失われるとなれば、さすがに惜しいと残りの恋情《れんじょう》が湧いたんじゃないかしら。もっともこれは相手への痛烈な皮肉じゃないかという解釈もある。敦忠も右近も、双方、恋多き色好み。一筋縄ではいかないのです。それにしても、相愛を契った相手から忘れられてしまうというのは、ある意味では死ぬことと同じくらい、いやそれ以上に辛《つら》いことだったのではないかしら。

右近というのはお父さんの官職名。右近衛《うこんえの》　少将《しょうしょう》　藤原季縄《すえなわ》の娘で、醍醐《だいご》天皇《てんのう》の中宮・穏子《おんし》に仕えたそうです。

＊大和物語　平安時代に成立した歌物語。複数の実在した人物が登場し、歌にまつわる物語が展開する。

39

浅茅生《あさぢふ》の　小野《をの》の篠原《しのはら》　忍《しの》ぶれど
あまりてなどか　人の恋《こひ》しき

参議等《さんぎひとし》［880－951年］

後撰集
恋

浅茅の生えた
小野の篠原
しのんできたさ
それでも
恋心は
胸をあふれ
いっそう　恋しい
あのひとが

◈ことばのメモ

【浅茅生】…小野、野にかかる枕詞《まくらことば》。丈《たけ》の低い茅《かや》がまばらに生えているところの意味。

【小野の篠原】…小野の「小」は接頭語。篠原は細い竹の生えた野原。

【あまりてなどか】…「あまりて」は恋心があふれてしまうこと。「などか」は「どうして～なのか」という疑問を表す副詞。

「浅茅生《あさぢふ》の小野の篠原」はひとまとまりで、「忍《しの》ぶ」を導き出します。こうした和歌の技法を「序詞《じょことば》」（「和歌のキーワード」参照）と呼んでいます。浅茅の生えた小野の篠原の、そのシノじゃないけど、忍んできた……というふうに、忍ぶということばを押し出すわけですね。長く耐え忍んできた気持ちは、短い茅の生えた侘《わ》びしい野原のイメージとも重なります。さて歌の後半、「あまりてなどか」とありますが、ちょっと舌をかみそうな面白い音韻の連なりです。「あまる」という動詞の連用形に、接続助詞の「て」、さらに「などか」がついて、「どうして思いがこんなにあまって（＝あふれて）しまうのでしょう」と自問しているのです。『古今集』に詠《よ》み人知らずとして出ている次の歌を本歌取りしたともいわれています。「浅茅生の小野の篠原しのぶとも人知るらめやいふ人なしに」（こうしてしのんでいることを、あのひとはわかってくれるだろうか。伝えるひともいないので、おそらくだめだろう）。

参議等とは源等《みなもとのひとし》のこと。嵯峨天皇《さがてんのう》の曾孫《そうそん》（ひまご）で、いくつかの地方官を歴任したあと、参議となりました。

40

忍《しの》ぶれど　色に出《い》でにけり　我《わ》が恋《こひ》は
物や思ふと　人の問《と》ふまで

平《たいらの》兼盛《かねもり》
［生年未詳－990年］

拾遺集
恋

ずっと言わずに
秘めてきた
だけど　顔には
恋が　ばればれ
「物思いなさっておいでですね」
と人が問う
それほどまでに
あからさまなものになってしまった

❖ことばのメモ

【忍ぶれど】…「忍ぶ」は、感情が表に出ないようにじっとこらえること。

【色】…顔色、態度。

【物や思ふ】…「や」が、疑問を表す係助詞。係り結びの法則で、「思ふ」は連体形。

この歌は、「天暦　御時　歌合《てんりゃくのおんときのうたあわせ》」*（天暦は村上天皇《むらかみてんのう》が治めた時代。天徳四年、村上天皇主催で行われたので、一般には天徳内裏《てんとくだいり》歌合《うたあわせ》といわれる）で、「忍ぶ恋」をテーマに（題詠《だいえい》）次の41番・壬生忠見《みぶのただみ》の歌と競いました。優劣がなかなかつかなかったようですが、結果はこの歌の勝ち。恋する者の不可思議さが詠《うた》われています。自分では隠したつもりで、恋がばれる。自分を自分が裏切ることになってしまうのです。そういう自分に対する「おののき」も表現されています。恋をしたことがある人は、きっとわかるでしょう。まことに恋は、ものぐるいの一種です。「物や思う」と人が聞いたというのですが、こんなふうに、人の言った言葉が歌のなかに投入されているのもちょっと面白いでしょう。優美な調べで詠われているので、知られてしまったといってもどこか静かなあきらめが感じられます。噂が出ては困る一方で、まったく誰にも知られないというのも、もしかしたら、つまらないのかも。矛盾した心の揺れを想像してみてもいいですね。

平兼盛は、光孝《こうこう》天皇の曾孫《そうそん》・篤行《あつゆき》王の子。臣籍《しんせき》に降下し、平氏となりました。三十六歌仙《かせん》の一人です。

*歌合　歌人たちが左右二手に分かれ、各グループから一首ずつを出してその優劣を競い合う遊戯。

41

恋《こひ》すてふ　我《わ》が名《な》はまだき　立ちにけり
人知れずこそ　思ひそめしか

壬生忠見《みぶのただみ》
［生没年未詳］

拾遺集
恋

恋をしている
といううわさが
はやくもたってしまった
誰にも知られないようにと
かたく
心に秘め
あのひとを
思い始めたばかりだというのに

ことばのメモ

【恋すてふ】…「てふ」は「といふ」の詰まった形。〜という。

【我が名】…「名」は噂、評判。

【まだき】…未だき。はやくも。

【人知れずこそ】…「人（に）知る」で人に知られる。「人知れずこそ」で「誰にも知られないように」の意味となる。

【思ひそめしか】…「そめ」は初《そ》め。「しか」は過去の助動詞「き」の已然形。「こそ」を受けて「しか」となる（係り結びの法則）。「思い始めたばかりなのに」。

一つ前のところで説明したように、この歌、歌合《うたあわせ》で40番の歌と競って負けました。とはいえ、なかなかの名歌です。勝敗がなかなか決まらなかったというのが頷《うなず》けるのも、両者とも内容はほぼ同じ。「しのんでいた恋なのに、人の噂になってしまった、ああ、どうしよう」というものです。また、一方が「出《い》でにけり」こちらが「立ちにけり」と、書きぶりもよく似ているんです。ちょっと違うのは、「思ひそめしか」とあるところ。「思い初む」、つまり思い始めたばかりのようなんですが、それで早くも噂が出てしまったという。最初から、忍ぶつもりなどなかったんじゃないかい？　と少し嫌味を言いたくなります。ただ、壬生忠見には、かわいそうな逸《いっ》話《わ》が残っているんです。鎌倉《かまくら》時代の説話集『沙石集《しゃせきしゅう》』に、歌のために命を失ってしまった話として、歌合に関することが書かれています。彼は「忍ぶれど……」に負けたことに落ち込み、食欲をなくし、病いにかかって亡くなってしまったとか。当時はそれくらい、みんなが歌を作ることに命をかけていたんですね。

壬生忠見は壬生忠岑《ただみね》（30番）の子です。三十六歌仙《かせん》の一人でもあります。

42

契《ちぎ》りきな　かたみに袖《そで》を　しぼりつつ
末《する》の松山　波越《なみこ》さじとは

清原元輔《きよはらのもとすけ》［908―990年］

後拾遺集
恋

かたく
契りを交わしたよなあ
互いに　涙の袖をしぼりながら
末《すえ》の松山を波は越さない
だからわたしも――
だからあなたも――
心変わりをするようなことは
けっして　ないと

ことばのメモ
【契りきな】…「契る」は約束する。「き」は過去の助動詞「き」の終止形。「な」は感動を表す終助詞。
【かたみに】…互いに。
【袖をしぼり】…涙で濡れた袖をしぼる。泣く。

『後拾遺集《ごしゅういしゅう》』詞書《ことばがき》によれば、心変わりをした女の人に対し、（その人に裏切られた）男の人に代わって詠《よ》んだものとされています。「末の松山」とは、宮城県多賀城市《たがじょうし》あたりにあった丘といわれていて、海岸近くにありながら、どんな津波も、「末の松山」には到達しなかったそうです。そこから契りを交わした男女の仲に形容として使われ、波が末の松山を越えないとあれば、契った約束を決して破らないことを意味し、逆に波が末の松山を越えるとあれば、それはありえないことなので心変わりを意味するようになりました。なお、『古今集』東歌《あずまうた》に「陸奥歌《むつうた》」として収められている次の歌を踏まえています。「君をおきてあだし心を我が持たば末の松山波も越えなむ」（あなたをほったらかして、浮気心をわたしが持ったのなら、波が越さないことで有名なあの「末の松山」を波が越すでしょう。だからそんなことは絶対ないと誓いますよ）。この歌に応じるかたちで、「契りきな……」が書かれたことがわかるでしょう。それにしても、勢いのある初句切れです。契りましたよねという脅迫に近い相手への念押しです。帰ってくることばは残念ながらありません。清原元輔は、清原深養父《ふかやぶ》（36番）の孫、清少納言《せいしょうなごん》（62番）の父。『後撰集《ごせんしゅう》』の編纂《へんさん》に関わり、三十六歌仙《かせん》の一人でした。

43

逢《あ》ひ見ての　後《のち》の心に　くらぶれば
昔は物《もの》を　思はざりけり

権中納言敦忠《ごんちゅうなごんあつただ》［906－943年］

拾遺集
恋

ただあなたを
思っていただけのむかしのおれ
恋の思いをとげたいま
わかるんだ
思うだけの
恋なんて
何も思わなかったのと
同じだなって

※ことばのメモ
【逢ひ見ての】…「逢ひ見る」は契りを結ぶこと。
【後の心】…両思いになって共に結ばれたあとの状態をいう。
【昔は】…まだ片思いだった頃。あるいはまだ肉体が結ばれていない頃。
【昔は物を思はざりけり】…昔は物思いをしなかったという状態に等しいという意味。

「逢ひ見る」には顔をあわせるという意味のほかに、男女が一夜を共にするという積極的な意味もあります。もちろんここでは後者の意味。関係が始まってからの気持ちに比べたら、昔なんぞは物思い（恋）といったって、恋のうちにも入らないと言っている。この否定の強さにはびっくりするでしょう。逆にそれが、今現在の恋心の強さを照らし出していますね。恋をしたことのある人なら思い当たると思います。恋の成就《じょうじゅ》と共に新たなよろこびも懊悩《おうのう》も始まる。そういう自分の思いがけない変化を、ここでは憂《うれ》いながらもどこか面白がっているように見えます。「後朝《きぬぎぬ》＊の歌」とされているのです。結ばれた翌日、世界が一新し、早くもまた会いたいと思う。そんな今を、昔と比べ、艶《つや》めかしく大胆に詠《よ》んでいる歌です。

権中納言敦忠は、左大臣藤原時平《ふじわらのときひら》の三男。三十六歌仙《かせん》の一人。琵琶《びわ》の名手でもあり、色好みの美男子だったらしいですが、短命で、三十八歳で亡くなっています。恋の相手の一人が、右近《うこん》（38番）です。

＊後朝　男女が共寝した翌朝のこと。夜に逢い、朝に衣《きぬ》を着て別れるので衣衣《きぬぎぬ》とも書く。結ばれた翌朝、家へ戻った男が、女の元へ贈ったのが「後朝の歌」。

44

逢《あ》ふことの　絶えてしなくは　なかなかに
人をも身をも　恨《うら》みざらまし

中納言朝忠《ちゅうなごんあさただ》［910－966年］

拾遺集
恋

あなたとの逢瀬《おうせ》が
まったく無いものであるなら
あなたを
こうして恨むこともないし
自分を
嘆くこともないのです
簡単なことなのです
それができさえすれば

❖ことばのメモ

【絶えてしなくは】…「絶えて」のあとに打ち消しを伴い、「絶対になければ」。「し」は直前のことばを強調する副助詞。

【なかなかに】…かえって。なまじっか。

【恨みざらまし】…「恨むことはなかろうに」の意味。「まし」は助動詞で「もし～だったら～だろうに」と事実に反したことを仮に想像する。

逢わなければ、恋の相手を恨むこともないし、恋に翻弄《ほんろう》されるばかりの自分の運命を恨むこともないのにと嘆いています。実際は、何があっても恋人には逢いたい。その心が前提になっていて、あえて、こんな仮説をたてて嘆いてみたというわけ。古語の「逢ふ」には、肉体関係を結ぶという積極的な意味もありましたよね。一つ前の歌「逢ひみての〜」を見てもおわかりのとおりです。ですからわたしも、その延長で訳をつけてみました。「人をも身をも」というところ、とても美しい調べですが、「人」とは恋の相手、「身」とはわが身のことです。そもそもこの歌は、40番、41番と同じ、「天暦《てんりやくの》 御時《おんときの》 歌合《うたあわせ》」（天徳内裏《てんとくだいり》歌合《うたあわせ》）に提出された歌でした。恋の相手が実際にいて、やりとりをしたわけではないのですが、恋というものを知らない人には作れない歌だろうと思います。

中納言朝忠＝藤原《ふじわらの》朝忠は、25番の三条右大臣定方《さんじょうのうだいじんさだかた》の子。三十六歌仙《かせん》の一人でもあり、また、笙《しょう》＊の名手でもあったということです。

＊笙　雅楽《ががく》で使う管楽器。

45

あはれとも　言ふべき人は　思ほえで
身のいたづらに　なりぬべきかな

謙徳公《けんとくこう》［924−972年］

拾遺集
恋

おかわいそうに
って思ってくれる人は
一人として
思い浮かばない
だからわたしは
このむくわれない恋をだいて
このまま　死んでいく
それも　いいさ

ことばのメモ

【思ほえで】…思ほゆ（自然に何かが思われること）の未然形に、「で」という打ち消しの接続助詞がついた。

【身のいたづらに】…「いたづら」とは役に立たないこと、むなしいことで、「いたづらになる」とは、死んでしまうことを意味する。

『拾遺集』の詞書《ことばがき》は同情を引きます。かつては自分に言い寄ってきて、一時は互いに情を交わした女が、後につれなくなって逢《あ》ってもくれなくなった、それでこの歌を詠んだということなんです。恋は終わった――そのことの嘆きを、やや自虐的に詠《うた》っています。けれどまだ心の底には、熾《お》き火のような恋心がくすぶっているんじゃないかしら。「あはれとも言ふべき人」とは、「わたしのことを哀れと言ってくれそうな人」。「思ほえで」は「ことばのメモ」にあるとおり、「思ほゆ」というのが原型。きれいなことばでしょう。いかにも思いが湯のように自然にわいてくる感じがします。それにしても、「身のいたづらになりぬ」＝死んでしまうだろうなあというのは、ちょっと大げさ。まだ本当の「死」には距離があるともいえます。こんなことをいって相手の反応を確かめているのかもしれません。悲痛な歌なのだけれど、現代人のわたしたちが読むと、嘆きの底にちょっと可笑《おか》しみを覚えてしまう。そういったら意地悪かしら。

この気弱な駄目男ぶりを吐露《とろ》してくれた謙徳公とは藤原伊尹《ふじわらのこれただ／まさ》。謙徳公は諡号《しごう》（26番参照）。藤原師輔《もろすけ》の長男で、二十代で和歌所別当となり、『後撰集《ごせんしゅう》』撰者となりました。貞信公《ていしんこう》（26番）のお孫さんですよ。

46

由《ゆ》良《ら》の門《と》を　渡《わた》る舟人《ふなびと》　梶《かぢ》を絶え
行方《ゆくへ》も知らぬ　恋《こひ》の道かな

曾禰好忠《そねのよしただ》［生没年未詳］

新古今集
恋

由良のみなとを
渡る舟人
ゆらゆらと
梶をなくし
ゆくえもしらぬ
恋のみちを
わたしもゆきます
さ迷いながら

※ことばのメモ

【由良の門】…「門《と》」とは水門《みなと》のことで湊《みなと》の古称。

【梶を絶え】…「梶《かじ》」は舟を漕《こ》ぐ道具。絶えは、「絶ゆ」の連用形。梶を失うの意。

由良という地名の響きは美しいですね。由良の「ゆ」が、行方の「ゆ」とも響きあっていますけれど、ゆらめきの「ゆら」も、無意識のうちにも重ねて読んでしまいます。由良というと、万葉集以来、紀州和歌山の海をいう地名だったのですが、曾禰好忠が丹後掾《たんごのじょう》として丹後の国へ赴任していたことから、丹後国（現在の京都府宮津市《みやづし》）の由良川河口のことではないかともいわれています。ただ、ここでは、ダイナミックな紀州の海原を考えて読んでみたいですよね。水上という場所は地面とは違います。泳ぎの得意な人でも、なんだか不安になりませんか。行方も知らぬ舟の不安と、恋の路の不安感が、一首のなかで自然に重ね合わされています。不安が恋を一層燃え立たせることを、作者はよく知っていたのかもしれません。

技巧の冴え切った歌ですが、作者・曾禰好忠は、『今昔物語』に、なかなかの変わり者として描かれています。円融院《えんゆういん》の、「子《ね》の日の遊び」（正月初めの子の日に行われた貴族の野遊び。小松を引き抜いたり、若菜を摘んだり、召された歌人たちが歌を詠んだりした）に召されていないのにおしかけ、つまみ出されたなど、少々偏屈《しょうしょうへんくつ》（変わり者）なところがあったらしいです。面白いですね。

47

八重葎《やへむぐら》　しげれる宿《やど》の　さびしきに
人こそ見えね　秋は来《き》にけり

恵慶法師《えぎょうほうし》
［生没年未詳］

拾遺集
秋

草　荒れ果て
ぼうぼうと生え
このさびしさ
河原の院を
訪ねる人もない
秋だけはこうして
今年も来た

ことばのメモ

【八重葎】…幾重にも生え茂っている蔓性《つる》の雑草。

【宿】…家屋敷。

【人こそ見えね】…誰も訪ねてこない。「〜こそ〜ね」は係り結びの法則。「ね」は打ち消しの助動詞「ず」の已然形。

百人一首には、「宿」が時々出てきますが、旅の宿というより我が家という意味で使われています。蔓《つる》がからみあい、いかにも荒廃した感じの一軒家。『拾遺集《しゅういしゅう》』詞書《ことばがき》によれば、この家がかつて栄えた「河原院」であることがわかります。14番の歌を振り返ってみてください。作者は河原左大臣《かわらのさだいじん》＝源融《みなもとのとおる》。河原の名は、この人が、鴨川の近くに建てた豪邸「河原院」に由来していました。この歌の作者・恵慶法師は、十世紀後半の人ですから、計算上は、あの頃からおよそ百年がたっています。恵慶の親友、安法《あんぽう》法師が住んでいたようですが、かつての華やかさに比べれば、庭も相当、荒れ果てていたようですね。繁茂する雑草の生命力とは対照的に、衰え死にゆく家。色彩の剝落《はくらく》した閑寂《かんじゃく》な世界が広がっています。「人こそ見えね」の「人」は「訪れる人」の意味。やって来るのは亡霊ばかりです。そこへ、最後に秋がやって来たという。その乾いた足音を想像してみてください。繊細《せんさい》な擬人化《ぎじんか》です。古《いにしえ》の歌人たちは、人を待つように、こうして季節のめぐりを待って暮らしました。寂しいということは、美しさでもありました。

恵慶法師は播磨国《はりまのくに》（兵庫県）の講師《こうじ》＊だったらしいです。

＊講師《こうじ》　各国の国分寺に設置された上座《かみざ》の僧官。

48

風をいたみ　岩うつ波の　おのれのみ
くだけて物を　思ふころかな

源　重之《みなもとのしげゆき》［生没年未詳］

詞花集《しかしゅう》　恋

風の激しさに
岩打つ波は
おのれの身だ　おれ自身だ
一人、砕《くだ》け散り
なお思う
あの人の
岩のように固い心を

❖ことばのメモ

【風をいたみ】…「〜を＋形容詞の語幹＋み」で、「〜が、○○なので」という意味をつくる。風が激しいので。

岩にあたって、はげしく割れ、水しぶきをあげる波を見たことがあるでしょう。おまけにここでは、はげしい風も吹いている。雄渾《ゆうこん》な風景に恋の懊悩《おうのう》が重ねられています。相手の女性は頑固な「岩」。好きだ！　と言ってもつれなくて、砕け散るのはわたしばかりだという。片思いですが、しんみりする暇もなく、悲しみもまた、岩に砕けて散ってしまいそうです。清々《すがすが》しい恋の孤独が、どっしりと表現されています。「おのれのみ」というところを、「己れの身」と「己れだけ」と、二つの意味で考えてみました。「おのれのみ」を中心に、上下どちらにもつなげて読んでみたのです。「おのれのみ」がそうすることで、二重に分厚くなりました。さあ、あなたなら、どっちに感情を移入しますか。岩かそれとも砕ける波か。わたしなら……やせ我慢と言われようが、恋をして砕け散る波のほうを選びたいです！「風をいたみ〜」の語法は「ことばのメモ」を参照してください。１番の歌に出てきた「とまをあらみ〜」と同じです。

源重之は清和天皇の曾孫《そうそん》。地方官を歴任し全国をめぐった人のようです。三十六歌仙《かせん》の一人でもありました。

49

みかきもり　衛士《ゑじ》のたく火の　夜《よる》は燃え
昼は消えつつ　物をこそ思へ

大中臣能宣朝臣《おおなかとみのよしのぶあそん》［921－991年］

詞花集《しかしゅう》
恋

御垣守《みかきもり》
夜は
衛士《えじ》の焚《た》くかがり火も
昼は　消え
おれは思う
我が恋よ
燃え上がっては
また　沈む

ことばのメモ

【みかきもり】…御垣守。宮中の御門を警備する人（兵士）。

【衛士】…諸国から交代で集められた兵士。夜はかがり火をたいて諸門を守る。衛士も御垣守と考えられる。

御垣守である衛士が、門のところで警護のための火を焚いています。兵士は無口に、たんたんと職務を果たしているのでしょう。何を思っているのかはわからない。そして火もまた、物言わぬもの。夜はごうごうと燃え、夜が明ければ、衛士によってじゅっと消されるのです。そんな火のありさまに、燃え上がったり、消え入ったりという自分の恋心が重ねられています。みなさんもキャンプファイヤーなどで、燃える火を見つめた経験があるでしょう。ゆらぐ炎は、わたしたちをひととき、現実世界から引き離し、深い精神的な世界へと誘い込みます。火を見るとき、わたしたちは自分の心を見ているのかもしれません。「夜は～昼は～」という比較表現が、まさに炎のような情緒的な「揺れ」を作っています。物を思うとは、恋する人があれこれ物を思うことです。「こそ」（係助詞）を受け、係り結びの法則により、「思ふ」の已然形《いぜんけい》「思へ」で結んでいます。

作者・大中臣能宣朝臣は代々神職の家に生まれました。三十六歌仙《かせん》の一人。伊勢《いせの》大輔《たいふ》（61番）は孫にあたります。

50

君がため　惜《を》しからざりし　命さへ
長くもがなと　思ひけるかな

藤原義孝《ふじわらのよしたか》［954—974年］

後拾遺集
恋

あなたと
思いが　通いあうなら
この命
少しも惜しくないと思っていた
それが今は　惜しいのだ
ああ　長くあれ　と祈《いの》るのだ
こうして思いを遂《と》げた今
生きるよろこびに満たされた今は

ことばのメモ

【君がため】…あなたのために。あなたと思いが通いあうためならの意味。

【長くもがな】…「もがな」は願望を表す終助詞。～（で）あってほしい。

古《いにしえ》の人は恋のプロフェッショナルです。相手と一夜を共にしたあとの、自分でも思いがけない心の変化を、かくも絶妙に歌にしました。『後拾遺集』の詞書《ことばがき》によれば、相手の女性の家から帰宅した後、すぐにこの歌を女性に贈ったそうです。つまりこれは、後朝《きぬぎぬ》の歌というわけですね。自分の命を引き換えにしても、恋の成就を願った以前。なのに思いが通じると、今度は一転、長生きを願うというのは、ちょっと調子がいいですよね。でもこの矛盾は理解できます。この逢瀬《おうせ》を長く続けたい、ひいては自分の命が、長く続くことを祈る——恋とは相手を愛することのみならず、自分自身を愛することでもあるようです。欲望を肯定する、まぶしい歌ですね。自分の思いと驚きを素直にまっすぐ詠《よ》み上げています。「君がため」という出だしも華やか。『百人一首』では、「君がため」で始まる歌はもう一つあります。15番の光《こう》孝天皇《こうてんのう》の歌です。

作者・藤原義孝は、謙徳公伊尹《けんとくこうこれただ／まさ》（45番）の三男で、三蹟《さんせき》＊の一人、藤原行成《ゆきなり》の父にあたります。疱瘡《とうそう》（天然痘《てんねんとう》）のため、二十一歳という若さで死んだそうです。それを考えると、この歌の「命」という言葉が、一層、胸に深くしみますね。

＊三蹟　平安中期に活躍した能書家三人。行成の他は、小野道風《おののとうふう》と藤原佐理《ふじわらのすけまさ》。

コラム

歌人たちの生活と和歌

歌人たちは生活のどんな場面で和歌を詠《よ》んでいたのでしょうか。いくつかのキーワードとともにご紹介します。

【歌合】うたあわせ

歌人を左右二つのグループに分け、一首ずつ出しあい対戦します。判者が歌の優劣を定めて決着をつけます。

『百人一首』では、40番と41番が競い合った「**天徳内裏歌合**《てんとくだいりうたあわせ》」が有名です。天徳四年（九六〇年）、村上天皇が内裏で主催した歌合です。当時は40番 平兼盛《たいらのかねもり》が勝ちましたが、いま読むみなさんの判定は、どうでしょうか。

本来、スポーツのように勝ち負けを決められないはずの詩歌に優劣をつけるということは、当時も本当に難しいことだったはずです。不可能をわかって意識的に競いあったとすれば、そこには遊びの精神があったと考えられますし、競いあうことで和歌の技巧も詩の精神も磨かれていったのだと思われます。一つの文学空間を共有しながら貴族たちは、打ち上げ花火のような和歌の時間を楽しんでいたのでした。

【恋】こい

携帯電話もメールもない当時は、恋する男女のあいだで、和歌が重要な通信手段でした。相手の顔もよく知らないというのに、噂とか、ちらっと見かけたという程度のことで、もう恋が始まるのです。和歌が何回かやりとりされ、思いが通じあうと男性が女性のもとへ通います。当時は**通い婚**が一般的。そして**一夫多妻制**でもありましたので、一人の男性が正妻以外にも奥さんを持つことができたのでした。結ばれた翌朝は、男性が女性へ和歌を送り、これを「**後朝**《きぬぎぬ》**の歌**《うた》」と呼びました。互いの衣を重ねて共寝《ともね》し、翌朝、衣を交換して別れたところから、きぬぎぬは衣衣とも書くのです。

夜の闇《やみ》とともに恋が始まり、朝は別れのとき。月のうごきや月の影（光）など、自然の風物が人の心に陰影をもたらし、和歌に多く詠み込まれています。人の心と人間を取り巻く自然のリズムとが、調和していたのだと思います。

【挨拶と贈り物】あいさつとおくりもの

和歌は恋の場面で活躍するばかりでなく、公の場面に華やぎをもたらしたり、場所や人々に対して、挨拶を贈るという役目を果たすこともありました。

例えば『百人一首』16番の歌は、地方へ赴任するにあたって、都の人に別れの挨拶を述べつつ赴任先の地名を歌に盛り込み、赴任先へも手をふっています。掛詞《かけことば》を駆使して、二つの土地に挨拶を贈っているのです。

またその一つ前の15番の歌は、光孝天皇が即位前の皇子のときに詠んだものですが、人に若菜を与える際に、和歌を添えて贈ったようです。和歌に若菜を添えたのかもしれません。若菜は物ですが、和歌は心。物心両面からのプレゼントというわけです。

第3章

百人一首の深み！

51

かくとだに　えやはいぶきの　さしも草《ぐさ》
さしも知らじな　燃ゆる思ひを

藤原実方朝臣《ふじわらのさねかたあそん》［生年未詳－998年］

後拾遺集
恋

これほどまでに
恋焦《こ》がれているということを
言いたい伊吹《いぶき》のさしも草
だけどどうして言えましょう
さしも草で作るもぐさのように
じわじわと燃えあがる
この思いを

ことばのメモ

【かくとだに】…「かく」はこのようにの意。「だに」は、「せめて～だけでも」「こんなことになっているというだけでも」。

【えやは】…「え」は副助詞。下に打ち消しや反語表現を伴い不可能を表す。「やは」は係助詞。反語の意味を表す。～であろうか、いや～でない。

【さしも草】…よもぎのこと。この葉を原料として「もぐさ」を作り、点火してお灸する。

一度読んだだけでは、さっぱりわかりませんよね。でも音が折り重なっていて、調子がいいでしょう？　まずはそれを楽しんでください。「言う」と「伊吹」（伊吹山）が掛《か》けられていますが、伊吹山の所在については、滋賀県か栃木県かと諸説あります。「さしも草」と「さしも」（それほどまでとはの意）の同音反復、「燃ゆる思ひ」の「ひ」と、「火」の掛詞《かけことば》……。序詞《じょことば》、縁語《えんご》、掛詞と、技巧づくしの歌なんです。作為的だなあ、それでほんとの恋心が表現できるの？　と疑問に思うかもしれない。でもそれが、うそでまことをいう文芸というものの面白さです。三十一文《みそひともじ》字《じ》のなかに、複雑な思いを折りたたんで表現しているのですね。読むほうも、時間をかけ、ゆっくり開いて味わっていきましょう。さしも草とは、もぐさの原料です。灸治療に使われます。もぐさに火をつけると、一気には燃え上がりません。肩こりなどの治療ですから、じわじわと熱さが広がっていきます。ツボを刺激することで様々な効能をもたらす療法なんです。恋のイメージが湧いてきたかしら。

藤原実方朝臣は、貞信公忠平《ていしんこうただひら》（26番）の曾孫《そうそん》。清少納言《せいしょうなごん》と恋愛関係にあったといわれています。

52

明けぬれば　暮るるものとは　知りながら
なほ恨めしき　朝ぼらけかな

藤原道信朝臣《ふじわらのみちのぶあそん》
［972－994年］

後拾遺集
恋

夜《よる》があければ
また　日が暮れる
わかっています
日が暮れれば
また　逢《あ》えることも
それでもなお
恨めしいのです
しらじらとした夜明け方が

❖ことばのメモ
【なほ】…副詞。そうはいっても、やはりの意味。
【朝ぼらけ】…夜明け方。

当時は、男性が女性のもとへ通い、明け方別れるというのが慣習でした。この歌は、『後拾遺集』の詞書《ことばがき》によると、雪の降る朝、女のもとから帰ってきて、そのひとに詠《よ》んで贈ったということです。雪の朝の後朝《きぬぎぬ》の歌というわけですね。前半部分は、至極当たり前のことを言っていますよ。夜が明けても日はまた暮れるって。後半では、それを知りながら、それでもやっぱり、夜明けが恨めしいのだと、自分の気持ちを述べています。自然の摂理を恨んでみても始まらないのですが、朝の明るさは、恋人たちにとって「別れ」を意味するのですから、どこにもぶつけられないうらみを一首の歌に込めて、自然に文句を言ったのでしょう。自然はいつだって、ただそこに広がっているだけのものですが、人間と人間とのあいだに在って、それぞれの恨みや哀しみを吸い取り、引き受けていたように思えます。夕陽の照りや、差し込む光、雨や風のうごき。なんでもない自然の現象も、わたしたちの感情と無関係ではありません。

藤原道信朝臣は太政大臣藤原為光《ためみつ》の子です。病いにより二十三歳で夭逝《ようせい》したということです。

53

嘆《なげ》きつつ　ひとり寝《ぬ》る夜《よ》の　明くる間《ま》は
いかに久《ひさ》しき　ものとかは知る

右大将道綱母《うだいしょうみちつなのはは》
［937頃－995年］

拾遺集
恋

嘆きながら
独り眠る夜が
しらじらと明けるまで
どんなに長いか
あなた　知ってるの
知らないでしょう
ああ　知るはずもないわね

ことばのメモ

【いかに久しきものとかは知る】…「かは」は、反語を表す複合の係助詞。「かは」と「知る」は係り結びの関係。「どんなに長いものであるか知っているでしょうか、知らないでしょうね」の意。

作者がこの歌をぶつけた相手は、夫だった藤原兼家《ふじわらのかねいえ》。彼とのあいだに道綱を産んだので、道綱母。とっても美しい人だったらしいのだけれど、兼家は浮気を重ね、彼女はだいぶ苦しんだようです。その哀しみ、恨みは、『蜻蛉日記《かげろうにっき》』に連綿と綴られていますよ。この歌の背景は、『拾遺集』の詞書《ことばがき》のほか、その日記からもわかるんです。日記によれば——どうやら、しばらく訪問の途絶《とだ》えていた夫が、ある日やってきて門をたたいた。でも彼女は、夫が別の女のもとへも通っていることを知っていたから門を開けさせなかった。兼家は入れず、帰ってしまった。すると道綱母は、この歌を、色あせた菊に添えて、翌朝、兼家へ贈った——ということです。まだ好きだったのでしょうね。

歌の内容は嫌味とも未練とも思えるものだけれど、直接的なことは何も言っていません。話題にしているのは夜が明けるまでの「長さ」。黒く長い棒のような時間がこの歌の中心に通っていますね。愛を失ったことは辛《つら》いことだったでしょうし、和歌に詠《よ》むことで改めてその現実を認識するのも辛かったと思うけれど、それと引き換えに、歌は永遠の命を得て、千年後も読まれたのだから、道綱母は浮かばれたんじゃないかしら。

54

忘れじの　行末《ゆくすゑ》までは　かたければ
今日《けふ》を限りの　命ともがな

儀同三司母《ぎどうさんしのはは》
［生年未詳―996年］

新古今集
恋

忘れない　いつまでもと
言ってくれましたね
だけど　それは
どうしたって　むずかしい
だから
わたしは　今日このときを
極《きわ》みの　命として
散ってしまいたいのです

❖ことばのメモ

【行末】…将来。
【かたければ】…「難し」とは、実現することがむずかしいこと。
【命ともがな】………命であってほしい。「もがな」は、願望の終助詞。

夫・藤原道隆《ふじわらのみちたか》が通い始めたばかりの頃に、詠《よ》まれた歌です。「忘れない、いつまでも」と夫は誓ってくれたけれど、そんな言葉はあてにはならないと作者はわかっています。当時は通婚《かよいこん》で一夫多妻。恋をしても女は相手を待ち続け、受け身にならざるを得ませんでした。始まったばかりでもう終わりを予感している。予感どころか、恋の終わりという「現実」を彼方《かなた》に見てしまっている。そんなリアリストの目が、「今」のただなかで死んでしまいたいという最高のロマンを呼び寄せました。「忘れじ」というのは男のせりふで、「今日を限りの命ともがな」は女のせりふですね。さらにここには、「行末まで」（ずっと、永遠に）という時間と、「今日を限りの」という、二種類の時間が対立しているように見えます。もっとも、「今日を限り」とする思いつめた一瞬を連続して繋《つな》げていけば、それが「永遠」になるのかもしれない。「今日を極みに死んでしまいたい」という願いは、夫と永遠に繋がっていたいという思いと同じ意味です。

儀同三司*母は高階成忠《たかしなのなりただ》の娘、貴子《きし》のこと。夫との間に、儀同三司伊周《これちか》、隆家《たかいえ》、後に一条天皇の中宮（后《きさき》）となる定子《ていし》など、多くの子をもうけました。

＊儀同三司　儀礼の格式が、太政大臣、左大臣、右大臣の三司に準ずる、儀を同じくするという意。

55

滝《たき》の音《おと》は　絶《た》えて久《ひさ》しく　なりぬれど
名こそ流れて　なほ聞こえけれ

大納言公任《だいなごんきんとう》［966―1041年］

拾遺集
雑

かつての滝音も
いまはまぼろし
涸《か》れた跡だけが残っている
あれから長い時が流れた
だがその名は
流れ　広がって
いまも人々に
聞こえているよ

❖ことばのメモ
【名】…名声、評判。

『拾遺集』の詞書《ことばがき》によれば、京都嵯峨《さが》の「大覚寺《だいかくじ》」に多くの人々が参ったとき、そこにまざっていた作者が、境内の古い滝の跡を見て詠《よ》んだのですって。かつて大覚寺は嵯峨天皇の別荘（「離宮《りきゆう》」）でした。そこには滝があり、滝を見るための滝殿《たきどの》があった。でも今は枯れはてているのです。寂しい光景ですが、歌人の詩心はそんな旧跡に、敏感に反応したのでしょう。落下する水の轟音とともに、流れ去った絢爛《けんらん》な時間。前半は、そんな過去を見つめるひっそりとした趣《おもむ》きがありますが、歌の後半は、滝の「名声」に焦点が移ります。滝そのものは消えてしまっても、評判（名前）という抽象的なものはいまなお聞こえていると。「名」はまるで、滝の「魂《たましい》」であるかのようです。「滝」と「絶えて」の「た」、「なり」「名」「流れ」「なほ」がみな、「な」を背負っていることにも注目！　ちなみに『拾遺集』では初句が「滝の糸は」となっていました。その後、「糸」が「音」に変化し、『千載集《せんざいしゆう》』などにも収録されています。

大納言公任＝藤原公任《ふじわらのきんとう》は関白太政大臣藤原頼忠《よりただ》の子。和歌・漢詩・管絃《かんげん》の才を兼ね備えていた人物として知られています。

56

後拾遺集
恋

あらざらむ　この世のほかの　思ひ出に
いまひとたびの　逢《あ》ふこともがな

和泉式部《いずみしきぶ》［生没年未詳］

わたし
死んで　しまうでしょう
あの世へ渡ってからの
思い出に
せめてもう一度
もう一度だけ
逢いたい　のです

ことばのメモ

【あらざらむ】…「あり」には、生存しているという意味がある。打ち消しの助動詞「ず」の未然形に推量の助動詞「む」がついて、「死んでしまうでしょう」。

【この世のほかの】…この世のほか、なのであの世。

【逢ふこともがな】…「もがな」は願望を表す終助詞。

和泉式部が病気になって床に臥《ふ》していたとき、人（恋人）のもとへ贈った歌だということです。相手は不明。なんといっても、「あらざらむ」という出だしが、迫力満点です。（この世にもう）いないだろう、死んでしまうでしょうという意味で、まさに身を投げ出すように詠《うた》い出しています。結んでいた黒髪が、一気にばらんと解かれるような勢いと新鮮さです。「この世のほかの思ひ出に」とありますので、この世のほか、つまり「あの世」へ行くにあたって、その思い出にということになりますね。「逢《あ》ふ」ことの解釈ですが、単純に「逢う」こと以上に、肉体が結ばれることまでも望んでいると考えていいでしょう。「いまひとたび」（せめてもう一度）の思いがほとばしる、孤独で切実な歌ですが、願いどおり逢えたのでしょうか。

和泉式部は初め、橘 道貞《たちばなのみちさだ》と結婚。娘（60番の小式部内侍《こしきぶのないし》）をもうけましたが、この娘には先立たれ、嘆きは深かったようです。その後、為尊《ためたか》親王、敦道《あつみち》親王（二人は兄弟）と恋愛をし、敦道親王没後に一条天皇の中宮《ちゅうぐう》（后《きさき》）・彰子《しょうし》に仕え、藤原《ふじわらの》保昌《やすまさ》の妻になりました。

57

めぐり逢《あ》ひて　見しやそれとも　わかぬ間《ま》に
雲隠《くもがく》れにし　夜半《よは》の月かな*

紫式部《むらさきしきぶ》
［生没年未詳］

新古今集
雑

思いがけない
めぐり逢いでしたね
なのに
お顔を確かめるまもなく
雲に隠れてしまった
夜ふけの月よ
あの月のような
おさなともだちよ

ことばのメモ

【めぐり逢ひて】…めぐり逢って。月にめぐり逢うことであり、幼友だちにめぐり逢うこと。「めぐり逢ひ」は月の縁語。

【雲隠れにし】…月が雲に隠れたこと。「雲隠れ」は月の縁語。幼なじみが姿を消したこと。「雲隠れ」は月の縁語。

【夜半の月】…夜ふけの月。

月のことだけが書いてありますが、『新古今集』の詞書《ことばがき》によると、七月十日の頃、長い年月を経て、思いがけず幼なじみと行き逢ったことが記されています。けれど彼女はちょっと顔を見せただけで、月と競いあうように帰ってしまった、そこでこの歌を詠《よ》んだとあります。「見しやそれともわかぬ間に」とありますが、「や」は、疑問を表す係助詞。「見たのか？　見たとしても、果たしてそれかどうかも見分けがつかないうちに」という意味を作ります。「それ」が指すのは「月」ですが、同時に「幼なじみ」を暗示しています。天上と地上のできごとが、一首のなかで溶《と》けあわされ、奥ゆかしい詩情がにじむように広がります。日記では、同時代の女流歌人たちに対して辛辣《しんらつ》な批評や悪口を書いた作者だけれど、この歌にあるのは「きれいな諦め」。ついさっきまでいたのに、もうここにはいない人、いないもの、そういう存在すべてに対する愛惜《あいせき》の念が、柔らかに表現されています。

紫式部は藤原宣孝《ふじわらののぶたか》と結婚、娘（58番の大弐三位《だいにのさんみ》）をもうけましたが、まもなく夫と死別。一条天皇の中宮・彰子《しょうし》に仕えました。『源氏物語』『紫式部日記』などの著作を残しています。

＊『新古今集』や『紫式部集』、『百人一首』の古い写本では「月影」（影とあるが、月の光の意）。

58

有馬山《ありまやま》　猪名《ゐな》の笹原《ささはら》　風吹《ふ》けば　いでそよ人を　忘れやはする

大弐三位《だいにのさんみ》
［999頃—没年未詳］

後拾遺集
恋

有馬山
猪名野《いなの》の笹に
風が吹く
さらさら　そよそよ
さあさあ　おわすれなさい
そうそう　それそれ
忘れたのはあなたでしょう
どうしてわたしが忘れましょうか

ことばのメモ
【有馬山】…摂津国《せっつのくに》有馬郡。現神戸市北区有馬町あたりの山。
【猪名の笹原】…猪名川沿いの平野を猪名野といい、そこに広がる笹原。
【忘れやはする】…「やは」は反語の係助詞。忘れようか、いや忘れない。

だんだんと仲が疎遠になってきた男が、「あなたの気持ちが（変わったのではないかと）なんだか心もとなくて」と言ってきたので、この歌を返したという背景があります。自分だって遠ざかっていたくせに、女の気持ちも離れたのではないかと不安になったのですね。笹原に風の吹く音を想像してみてください。なんとも寂しい音がしますよ。「いでそよ人を」の「いで」は「さあ」。勧誘や感動、驚きを表します。「そよ」は、「それよ」という意味を作りますが、全体として、「あらまあ、驚いた、そのことよ」と反射的に出てきた言葉と取っておきましょう。同時にこれは、風に吹かれる笹の擬《ぎ》音語《おんご》と考えていいでしょうね。なんだか猪名の笹原が、さあさあ忘れてしまいなさいと促《うなが》しているように感じられませんか。けれど作者は決して忘れませんといっています。本当かしら。そのうちには忘れてしまうのではないかしら。だってここは猪名の笹原ですもの。人間の意志なんてちっぽけなものです。

大弐三位＝藤原賢子《ふじわらのかたいこ／けんし》は、紫式部《むらさきしきぶ》の娘。母を継《つ》いで一条天皇の中宮・彰子《しょうし》に仕え、後に、後冷泉《ごれいぜい》天皇の乳母《めのと》となりました。藤原兼隆と結婚し別れ、正三位大宰大《しょうさんみだざいのだい》弐《に》高階成章《たかしなのなりあき》と再婚、夫の官位から大弐三位と呼ばれました。

59

やすらはで　寝《ね》なましものを　小夜更《さよふ》けて
かたぶくまでの　月を見しかな

赤染衛門《あかぞめえもん》［生没年未詳］

後拾遺集　恋

ぐずぐずしないで
寝てしまえばよかったのに
わたしったら
あなたを待ってしまって
夜も　ふけてしまって
こうして
西に傾《かたむ》くまでの
月まで　見てしまった

❖ことばのメモ

【やすらはで】…「やすらふ」はためらう。「で」は打ち消しの接続助詞。ためらうことなく。

【寝なましものを】…寝てしまえばよかったものを。「まし」は、事実に反することを仮に想像したり、すればよかったと後悔の意味を作る助動詞。

【小夜】…夜と同義。「さ」は接頭語。

【かたぶくまでの】…「傾《かたぶ》く」とは日や月が西に傾くこと。夜明け方を意味する。

この歌は、作者が自分の姉妹に代わって詠《よ》んだものです。行くといったのに男（藤原道隆《ふじわらのみちたか》）は来なかった。ためらわずに寝てしまえばよかったのに、気がつけば夜も明けようとしている。待ってしまった自分を後悔するというかたちで、相手を優雅に非難しています。「かたぶくまでの月を見しかな」と、待ち時間の長さを、月が西の山に傾くまでの変化に託して伝えています。だからこの月には、なんだか重量感があるでしょう。哀しみが、じわじわとしみ入るような遅さで伝わってきて、その一種の余裕が格調の高さをかもしだしているといえます。ほぼ同じ内容を、21番の素性法師《そせいほうし》も、女性になり代わって詠んでいますから、赤染衛門のこの歌と比べてみると面白いと思います。印象がだいぶ違いますよ。

作者は、平兼盛《たいらのかねもり》（40番）の娘とも、母の再婚相手、赤染時用《ときもち》の娘ともいわれています。藤原道長《みちなが》の妻・倫子《りんし》に仕え、後に、その娘、上東門院彰子《じょうとうもんいんしょうし》（中宮・彰子の院号＊）にも仕えました。大江匡衡《おおえのまさひら》と結婚し、二人の子をなしました。長命で性格も穏やかだったそうで、あの紫式部《むらさきしきぶ》も日記のなかで悪口を書かず、その行き届いた詠みぶりをたたえています。

＊院号　譲位（位を譲ること）した天皇（上皇）や皇后、皇太后などに贈られた異称。

60

大江《おほえ》山《やま》　いく野の道の　遠《とほ》ければ
まだふみもみず　天《あま》の橋立《はしだて》

小《こ》式部内侍《しきぶのないし》
［生年未詳－1025年］

金葉集
雑

大江山の向こう
生野《いくの》を越《こ》えて　母の住む丹後《たんご》まで
道のりは　はるか　遠い遠いところ
天の橋立へは
まだ足を踏みいれたことはないし
同じふみでも
母からの文だって
まだ　見ていませんワ

❖ことばのメモ

【大江山】…丹波国桑田郡《たんばのくにくわたぐん》（京都府）にある山。

【いく野の道】…「生野」は丹波国天田郡（京都府福知山市）にある地名。「行く」がかけられた掛詞《かけことば》。

【ふみもみず】…「ふみ」は「踏み」と「文（手紙）」の掛詞。

【天の橋立】…丹波国与謝郡（京都府宮津市）にある名所。

小式部内侍のお母さんは、あの和泉式部《いずみしきぶ》（56番）。歌の名手を母に持ったがゆえに、周囲からの誤解もあって、作者も苦労をしたようですよ。『金葉集』の詞書《ことばがき》から歌の背景をのぞいてみましょう。和泉式部が夫の保昌《やすまさ》に付いて、丹後国に暮らしていた頃のこと。京の都で歌合《うたあわせ》があり小式部内侍が召《め》されました。そこへ権中納言《ごんちゅうなごん》定頼《さだより》（64番）がやってきて、歌はどうなさいましたか？　お母様のいる丹後へ人を遣《つか》わしましたか、まだ使いの文は到着しませんかなどと言った。つまり定頼は、小式部内侍がお母さんに代作してもらっているという噂を前提に、彼女をからかったんです。それに対して、突《つ》きつけたのがこの歌。『袋草紙《ふくろぞうし》』*には、定頼が（恥をかいて）、小式部内侍につかまれた直衣《のうし》の袖《そで》をふりはらって逃げたと書かれています。京の都から母の暮らす丹後国への道筋に、大江山、生野、天の橋立がありました。歌には地名や景観がたっぷりと織り込まれていて、遠くに暮らす母を懐かしむ気持ちも感じさせます。小式部内侍は、母同様、上東門院彰子《しょうし》に仕えました。からかった藤原定頼とは、その後、恋仲に。藤原公成《きんなり》の子、頼仁《よりひと》を産んだ後、二十代で亡くなりました。和泉式部の嘆きは深く、歌にも詠《よ》まれています。

*『袋草紙』　藤原清輔《ふじわらのきよすけ》が著した平安時代後期の歌論書。

61

いにしへの　奈良《なら》の都の　八重桜《やへざくら》
けふ九重《ここのへ》に　にほひぬるかな

むかし
奈良の
みやこに咲いた
八重桜《やえざくら》
きょうは九重
ここ宮中で
さらに
美しく　咲いていますよ

伊勢大輔《いせのたいふ》
［生没年未詳］

詞花集《しかしゅう》
春

❖ことばのメモ

【いにしへの奈良の都】…奈良時代、奈良・平城京《へいじょうきょう》に都があった。

【九重】…中国の王城が門を九重にして囲ったところから、九重といえば宮中とか都をいうようになった。

【にほひぬるかな】…「にほふ」はもとは視覚表現で、嗅覚では「薫る」を使用。奈良時代末頃から視覚・嗅覚両面で使うようになったことば。「ぬる」は完了の助動詞「ぬ」の連体形。「かな」は詠嘆の終助詞。

なんだかおめでたい感じの歌でしょう。八重桜は桜の品種の一つ。花びらが幾重《いくえ》にもなっていて、潔く散るソメイヨシノに比べると、ぽってりと重たい感じがするんです。当時、八重桜は奈良に咲く珍しいものだったようです。九重は、「ことばのメモ」に出したとおり、意味としては宮中を指します。八重より九重のほうが、数字が多いでしょ。つまり昔より一層、都が栄えているということを暗にいっています。そもそもこの桜は、奈良から宮中へ献上されたものでした。その年の桜の取り入れ人（受け取り人）は紫式部でしたが、彼女は宮中にあがったばかりの「新人」伊勢大輔にその役を譲りました。藤原道長に、「ただで受け取るものではない、歌を詠みなさい」と言われて詠んだのがこの歌です。伊勢大輔はプレッシャーを感じたと思いますが、見事な歌を詠み、この場に華やぎをもたらしました。

伊勢大輔は大中臣能宣朝臣《おおなかとみのよしのぶあそん》（49番）の孫。父は伊勢の祭主を務めた正三位《しょうさんみ》神祇伯《じんぎはく》大中臣輔親《おおなかとみのすけちか》。代々、歌人の続く家柄です。中宮・彰子《しょうし》に仕え、紫式部《むらさきしきぶ》を始め多くの女房たちと交流を持ちました。

62

夜《よ》をこめて　鳥の空音《そらね》は　はかるとも
よに逢坂《あふさか》の　関《せき》はゆるさじ

清少納言《せいしょうなごん》
［生没年未詳］

後拾遺集
雑

夜が明けないうちから
そうやって
鶏《とり》の声をまねても
逢坂《おうさか》の関は　逢瀬の関
そう簡単には　開かないわ
かつて中国の孟嘗君《もうしょうくん》が
関所の門を
開いたようには

ことばのメモ

【夜をこめて】…こめては込《こ》めて・籠《こ》めて。
夜がまだ深いうちに。
【空音】…鳴きまね。
【はかる】…図る・謀《はか》る。だます、たくらむ。
【逢坂の関】…京都と滋賀の境にあった関所。
「逢ふ」が掛詞《かけことば》になっている。10番参照。

よくわからない歌でしょ？　心配ご無用。中国の故事が踏まえられているんです。その内容は――斉《せい》の王、孟嘗君が秦《しん》にとらえられた際、なんとか函谷関《かんこくかん》まで逃げてきました。しかし関所の門は、鶏が鳴くまで開きません。そこで家来が鳴き声をまねたのです。すると門が開き、孟嘗君は無事逃げおおせました――というもの。この歌は、清少納言が藤原行成《ふじわらのゆきなり》と応酬《おうしゅう》した際の一首です。用事があって、夜ふけに帰ってしまった行成が、翌朝たわむれに、「今日は名残惜《なごりお》しい気持ちだ。夜を通して、ずっと語り合っていたかったのに、鶏の声にせきたてられて……」と文《ふみ》を寄越したのです。清少納言が「鶏の声というのは函谷関の鶏の声のことかしら」と返す。すると「いやいやこれは、あなたと逢った逢坂の関のことですよ」と言ってきたので、清少納言は再び、この歌をもって行成のたわむれをやんわり拒絶したのでした。

素養がなくては作れない頭脳的な歌で、その点、ちょっと嫌味ですが、即妙《そくみょう》に対応したのはさすがの清少納言。一条天皇の中宮・定子《ていし》に仕え、宮廷での日々を『枕草子《まくらのそうし》』に活き活きと綴っています。曾祖父《そうそふ》は清原深養父《きよはらのふかやぶ》（36番）、父は清原元《もと》輔《すけ》（42番）です。

63

後拾遺集
恋

今はただ　思ひ絶《た》えなむ　とばかりを
人づてならで　いふよしもがな

左京大夫道雅《さきょうのだいぶみちまさ》
［992−1054年］

今となってはもう
「思いを絶った」と
ただそれだけを
言いたいのだ
人づてでなく
直接
あなたに

❖ことばのメモ

【今はただ】…今となってはもう。

【思ひ絶え】…あきらめる。思い切る。

【人づてならで】…人伝て。「ならで」とあるうち、「で」が打ち消しの接続助詞。人を介さず直接に。

【もがな】…『百人一首』にしばしば登場する願望を表す終助詞。

禁じられた恋のメロディーが鳴っています。相手は、三条院《さんじょうのいん》の娘、当子《とうし》内親王。彼女は、伊勢《いせ》の斎宮《さいぐう》から退出して宮中に戻っていたんです。伊勢の斎宮とは、伊勢神宮に奉仕する未婚の皇女のことで、神にお仕えするのですから穢《けが》れがなく清らかであることが前提だったようです。お父さんは、そんな娘のもとへ道雅が通っていると知って激怒しました。当子内親王に守目（警護）などをつけさせ、二人の仲は裂かれてしまったのです。別れることは決まっている。それで最後、せめて直接逢《あ》って言いたいというわけです。行き場のない思いが中空をさまよい、調べをまとって生まれたのがこの歌。

左京大夫道雅は藤原《ふじわらの》道雅。内大臣藤原伊周《これちか》の子です。父・伊周が藤原道長《みちなが》との政権争いに敗れるなどして、一家は道雅が幼い頃から政治的に不遇でした。娘との恋愛を禁じた三条院は、退位の翌年に崩御、尼となった当子内親王も、数年後には若くして亡くなり、道雅も妻に逃げられてしまったそうです。関係者一同、哀しい末路ですが、歌はこうして残りましたね。

64

朝ぼらけ　宇治《うぢ》の川霧《かはぎり》　たえだえに
あらはれわたる　瀬々《せぜ》の網代木《あじろぎ》

権中納言定頼《ごんちゅうなごんさだより》［995－1045年］

千載集《せんざいしゅう》
冬

しらじらと
夜があける
宇治川《うじがわ》の
川面に漂《ただよ》う朝霧《あさぎり》も
次第次第に　払われて
そのとぎれ間から
現れわたる
瀬々の網代木

ことばのメモ

【たえだえに】…とぎれとぎれに。

【瀬々】…「瀬」とは川の浅瀬。

【網代木】…氷魚《ひお》（鮎《あゆ》の稚魚《ちぎょ》）をとるためにしかけられた網代（竹や木で編んだもの）を支えるために、瀬に打ち込まれた棒杭《ぼうぐい》のこと。

和歌は写真でなく動画。ことばとともに情景が動いています。それをこの歌によって実感できるはずです。晩秋から冬にかけての、冷え冷えとした明け方の宇治川。白く煙るように川霧がたちこめています。霧が動き、途切れ途切れになったその間から、次第に見えてくる瀬々の網代木。自分の思いを入れずに、ただ、見えているものだけを詠《よ》んだ叙景歌《じょけいか》ですが、ことばとともに霧が流れ、時が流れ、その向こうに、網代木という「奥行き」が見えてきます。二次元でなく、三次元の風景ですね。歌のことばが、空間をふくらませたのです。ただ「あらはれる」のではない。「あらはれわたる」。広い範囲にわたってぼんやりと広がりながら風景が見えてくるでしょう。水彩画の手法でいえば、水をたっぷり含ませた筆でごく薄く色を伸ばす感じが、「わたる」ということばにあります。朝ぼらけ、あらはれ、あじろぎ、と、「あ」の音が、あいだを置きながら、飛び石のようにつながっていくところにも味わいがあります。

権中納言定頼は、大納言《だいな》公任《ごんきんとう》（55番）の息子です。小式部内侍《こしきぶのないし》（60番）をからかって、歌でやりこめられたのがこの定頼。併せて読んでみましょう。

65

恨《うら》みわび　ほさぬ袖《そで》だに　あるものを
恋《こひ》に朽《く》ちなむ　名こそ惜《を》しけれ

相模《さがみ》［生没年未詳］

後拾遺集　恋

あのひとのつれなさを恨み
涙で
乾く間もない袖ですら
朽ちかけながらも　こうしてある
恋ゆえに汚《けが》され
朽ち果ててしまいそうな　わたしの名
ほんとに惜《お》しいのは
こちらのほうです

◈ことばのメモ

【恨みわび】…恨み嘆いて。「わぶ」には気落ちする意味も。恨む気力もなくなるほど恨み尽くした感じ。

【ほさぬ袖だにあるものを】…涙で濡れた袖ですら朽ちずにこうしてあるのに。

【恋に朽ちなむ】…恋ゆえに朽ちてしまうだろう（わたしの評判）。

【名こそ惜しけれ】…「名」は評判、噂。

「……袖だにあるものを」の部分で解釈がわかれてきましたが、ここでは「乾く間もない袖すら（朽ちることなく）こうしてあるというのに、浮名《うきな》がたって我が名が朽ちてしまうのが惜しい」と取りました。名前が朽ちるというのは、人々が噂して、名誉や評判が汚《けが》されるという意味でしょう。相模は気高い女の人ですね。涙で朽ちかけた袖というのは目に見える「物」。一方の、恋のために汚された我が名というのは、目に見えない抽象的なもの。両者を比較してみてください。涙に濡れ、よれよれになってもかろうじて残っている袖には、物としての迫力があります。しかし、この「わたし」を支える「名」の方は、汚されたあげく、はかなくも忘れ去られてしまうかもしれないのです。

恨みわび〜という出だし、深い怨念《おんねん》がこもっていて、相模の、深いアルトの声が想像されます。五十歳くらいのときの作品ではないかともいわれています。

相模は源 頼光《みなもとのよりみつ》の娘（養女という説も）。相模守大江 公 資《さがみのかみおおえのきんすけ／きんより》と結婚し相模と呼ばれました。後に離婚し一条天皇皇女・脩子《しゅうし》内親王に仕えています。

66

もろともに　あはれと思へ　山桜
花よりほかに　知る人もなし

大僧正　行尊《だいそうじょうぎょうそん》［1055－1135年］

金葉集
雑

分け入って　深い山
不意に出会った山桜よ
おれがおまえを　おもうように
おまえもまた
おれをあわれに　おもってくれ
花よりほかに　花よりほかに
心かよわすものなど
ここには　いないのだから

❖ことばのメモ
【もろともに】…いっしょに。
【あはれと思へ】…「あはれ」は喜びや驚き、愛情、詠嘆など、さまざまな感動を表すことば。桜に対し「あはれ」と思ってくれと呼びかけている。擬人法。

『金葉集』の詞書《ことばがき》によると、作者が大峯山《おおみねざん》＊1で修験者《しゅげんじゃ》＊2として修行中、思いがけず桜を見て詠んだそうです。「もろともに」とは「いっしょに」ということ。共に「あはれ」と思ってくれと山桜に向かって呼びかけている。一方的でない、心の交流を望んでいるんですね。「あはれ」というのは、しみじみと愛《いと》しく思う、深々とした感情のことです。この一瞬に強く結ばれた、一人の孤独な修行僧と山桜。相手が桜でも、なんだか恋歌のようになまめかしい歌だと思いませんか。作者の歌を集めた家集『行尊大僧正集』には、別の詞書も書かれています。蕾《つぼみ》のまざった桜が、はげしい風に吹き散らされ、枝が折れてなおも咲いている、そんな姿を見て詠んだとあります。それを踏まえると、この一首から、風の音も聞こえてくるでしょう？　ざあっと葉音がたち、枝がゆれる。枝が折れてもなお、香《かお》る桜。硬い蕾。さあ、もう一度、冒頭に戻って、もろともに……と読み上げてみましょう。男性的でありながら、なんて色っぽい歌かしら。

作者・行尊は三条天皇の曾孫《そうそん》。その三条院《さんじょうのいん》の御歌は、二つ先の68番にあります。

＊1大峯山　奈良県南部の山。修行の場となった代表的な霊山。＊2修験者　山岳信仰と仏教が結びついた宗教＝修験道の実践者。山伏《やまぶし》とも。断食《だんじき》や崖登りなど厳しい修行を実践した。

67

千載集《せんざいしゅう》 雑

春の夜《よ》の　夢ばかりなる　手枕《たまくら》に
かひなく立たむ　名こそ惜《を》しけれ

周防内侍《すおうのないし》 ［生没年未詳］

春の夜の
つかのまの夢ほどもはかない
あなたの
手枕を
その気になってお借りして
おかしな噂が立ったりすれば
それこそ　わたしだって
残念なことですよ

ことばのメモ

【春の夜の夢ばかりなる】…春の夜は短く、夢もまたはかないもの。短くはかないもののたとえ。

【手枕】…腕を枕にすること。

【かひなく】…無駄だ、甲斐もなく。かひな（腕）との掛詞《かけことば》。

【名】…評判。浮名《うきな》。

これはコミカルな歌です。『千載集』の詞書《ことばがき》から、歌の背景をお教えしますね。二月の頃の、月の明るい晩のこと。二条院にたくさんの人々が夜をあかして物語りなどして集《つど》っていたのです。周防内侍が、たぶん疲れたのでしょう、横になって「ああ、枕がほしいわ」と言った。それを聞きつけた大納言忠家《ただいえ》、これを枕にと、自分の腕を御簾《みす》の下から差し入れたんですって。そこで周防内侍が詠《よ》んだのがこの歌。「余計な噂がたつと面倒だから、あなたのその腕、けっこうよ」と、和歌でやんわりと拒絶したのです。秋の夜長に対して、春の短夜《みじかよ》といいますから、春の夜の夢とくれば、はかないものの比喩になります。恋を装ったはかない手枕を、作者はまったく信用していません。でも、この歌からぼんやり想像できる春の夜の貴族たちの風景ってなんだか心惹《こころひ》かれるものがあります。みんな夜更《よふ》かししておしゃべりしていたんですね。その場に何人もいたのでしょうから、男性のほうも半分はからかってのことだったかもしれません。でも、御簾の下からぬっと出てきた「腕」って、なんだかそれだけでユーモラスで笑っちゃう。

周防内侍は周防守《すおうのかみ》平棟仲《たいらのむねなか》の娘。後冷泉天皇《ごれいぜいてんのう》を含め、四代の天皇に仕えました。

68

心にも　あらでうき世《よ》に　ながらへば
恋《こひ》しかるべき　夜半《よは》の月かな

三条院《さんじょうのいん》
［976－1017年］

後拾遺集
雑

望んじゃいないが
もし　この先も
生きながらえる
なんてことがあったら
懐かしく思い出すだろうよ
今夜の　この月を
この月を見ている
自分自身を

ことばのメモ

【心にもあらで】…自分の本意ではなく。「で」は打ち消しの接続助詞。
【ながらへば】…「永らふ」の未然形。生きながらえているならば。

暗い出だしです。『後拾遺集《ごしゅういしゅう》』の詞書《ことばがき》には、作者・三条院が、病気（眼病）のために譲位《じょうい》を決意したとき（一〇一五年頃）、明るい月を眺《なが》めて詠《よ》んだとあります。退位を画策したのは、時の権力者、藤原道長《ふじわらのみちなが》。彼は自分の娘と一条院との間に生まれた皇子を、少しでも早く即位させたかったんですね。三条院は皇太子時代が二十五年と長く、天皇として在位したのはわずか五年。その在位中に内裏《だいり》が二度も延焼するという不運の続いた人でした。明るい月光が、彼の絶望を静かに照らしているような歌ですが、三条院自身、どこまで見えたでしょう。失明に近い状態だったようです。下《しも》の句にある孤独な感慨は胸を打ちますね。月を見ている「今」がふっと宙に浮き、その「今」を、未来のある日の時点から眺める視線が入ってくる。不思議な心の動きじゃありませんか。この先、生きながらえたら、今夜の月を恋しく思い出すだろうとありますが、今の自分自身も思い出すでしょう。そのとき、少しは絶望から解放されているでしょうか。

三条院は冷泉天皇《れいぜいてんのう》の第二皇子。母は藤原兼家《かねいえ》の娘、超子《ちょうし》。退位した後に即位したのは、道長の願ったように道長の娘・彰子《しょうし》の産んだ後一条天皇《ごいちじょうてんのう》でした。

69

嵐《あらしふ》吹く　三室《みむろ》の山の　もみぢ葉は
龍田《たつた》の川の　錦《にしき》なりけり

能因法師《のういんほうし》
［988―没年未詳］

後拾遺集
秋

嵐吹く
三室山の
もみぢ葉は
龍田の川面《かわも》に
散り乱れ
金糸　銀糸　紅の糸
川の流れに
錦を　織る

ことばのメモ

【三室の山】…大和国（奈良県）生駒《いこま》郡《ぐん》斑鳩《いかるが》町《ちょう》にある神奈備山《かむなびやま》（神の鎮座する山）。

【錦なりけり】…錦は、金や銀など五色《ごしき》の糸で美しく織りあげた厚地の絹織物。川を錦に見立てている。

三室の山も龍田の川も、大和国（奈良県）にある有名な歌枕《うたまくら》です。山から川へ嵐によって吹き下ろされた紅葉《もみじ》が、イメージのなかで錦に変化する……。紅葉の動きをあでやかに詠《よ》んだ豪華絢爛な歌でしょう。ちょっと出来過ぎの感じもあって、旅行パンフレットの綺麗《きれい》すぎる写真を見ているようではあります。内裏《だいり》の歌合《うたあわせ》で、「紅葉」をテーマに競作された（題詠《だいえい》）もの。だから実際の風景を見て詠んだわけじゃなく、頭のなかで紅葉を動かしながら作ったものなんですね。実際のところ、三室の山の紅葉が、龍田の川に散り落ちるなんてことは地理的にあり得ないという批判が古くからあったといいますが、紅葉の劇的な運動をこうして三十一文字《みそひともじ》に巧みにまとめてしまうのだから、能因法師はたいした能力の持ち主です。

俗名《ぞくみょう》を橘永愷《たちばなのながやす》といい、二十六歳の頃出家しました。風狂《ふうきょう》の歌人といわれています。和歌については一家言持つ人で、歌学書『能因歌枕《のういんうたまくら》』があるほど。特に歌枕の熱心な研究家でした。三室の山は、「ことばのメモ」にある通り、奈良県生駒郡斑鳩にある神奈備山。龍田川は三室の山のふもとを流れる紅葉の名所。どちらも和歌によく登場する歌枕です。

70

さびしさに　宿《やど》をたち出《い》でて　ながむれば
いづくも同じ　秋の夕暮《ゆふぐれ》

良暹法師《りょうぜんほうし》
［生没年未詳］

後拾遺集
秋

さびしくて
庵《いおり》を出た
眺《なが》めてみたら
あきのゆうぐれ
どこもかしこも
ゆうぐれなんだ
どういうことだ
あきのゆうぐれ

❖ことばのメモ

【宿】…自分の住む家。
【いづくも同じ】…「いづく」はどこ。どちら。不定の場所。どこも同じの意味。
【秋の夕暮】…体言止めで余韻を響かせている。

作者は思ったのです。ああ、寂しいなあと。寂しいのはここに独りでいるからだと。そこで宿を出て外へ出た。宿とあるけど我が家のことですよ。僧侶だから俗世《ぞくせ》を離れて独りそこに住んでいたのでしょう。心の内には友を求める気持ちがある。しかし外は、どこもかしこも秋の夕暮れ。家の内も外もなく、寂しいことには変わりはない。寂しさって自分の心に宿るものなのだから、当たり前といえば当たり前のことなのだけれど、でも「いづくも同じ秋の夕暮」って、わたしにはなんだか哲学的発見に思えます。秋の夕暮れのなかに広がり溶《と》けていく法師の心。寂寥感《せきりょうかん》がギュッと凝縮されたような名歌です。「さびしさに」の「に」は、理由や原因を示す助詞で、寂しいあまりにという意味を作ります。日本の定型詩では、小さな助詞一つが大きな働きをして、とてもいい味を出しています。

良暹法師についてはよくわかっていなくて、歌の才能をもって宮中に出入りしたようだけれど、晩年は大原に隠居したらしいのです。この歌はその頃に作られたものではないかといわれています。若い人にはわからないだろうけれど、老いの哀しみを想像して読んでもいい歌です。

71

夕《ゆふ》されば　門田《かどた》の稲葉《いなば》　おとづれて
蘆《あし》のまろやに　秋風ぞ吹《ふ》く

大納言経信《だいなごんつねのぶ》［1016―1097年］

金葉集
秋

ゆうぐれになれば
風がたつ
門前の
一面の
稲の穂波《ほなみ》が揺れている
風はここ
蘆の小屋にも吹き渡ってきて
秋の音

ことばのメモ

【夕されば】…夕方になれば。「さる」は、時や季節の述語として使われるとき、「やってくる」「移りゆく」の意。

【門田】…門前にある田。

【おとづれて】…「おとづる」は、訪ねるという意味のほかに、「声をたてる」「音をたてる」。

【蘆のまろや】…蘆の丸屋。蘆で葺《ふ》いた（葺くとは屋根として覆うこと）粗末な仮小屋。

季節は夏から秋へ。古来、詩人たちは、季節のはざまにこそ詩を見つけてきました。この歌の主役は、秋のおとずれを告げる風です。何かに触れ、ぶつかったとき、見えない風はようやくその姿を見せてくれます。風の音にはまた不思議な作用があって、それを耳にした者を、一瞬がらんどうにしてしまう。まるで身体《からだ》のなかにも風が通ったかのように。そこには少しの虚しさもあります。わたしたちは束の間、自分を忘れ自然と一つになります。さあ、風のゆく道が見えたでしょうか。まず、出てくるのが「門田の稲葉」。門前の田に稲が光っていて、その穂がいっせいになびいているのです。「穂波」といいますがほんとうに波のようですね。「蘆のまろや」も出てきました。源師賢《みなもとのもろかた》の梅津《うめづ》にあった別荘です。この家へ人々が集い、「田家の秋風」をテーマに歌を詠《よ》んだのでした（題詠《だいえい》）。蘆《あし》で葺いた粗末な仮小屋というのですから、風が当たればかさこそと侘びしい音がたったことでしょう。粗末といっても悪口ではありません。ここでは侘びしさも美しさなのですから。

大納言経信＝源経信は、管絃《かんげん》、有職故実《ゆうそくこじつ》＊にも詳しい多才な人だったそうです。

＊有職故実　有識とは知識を有すること、故実とは古の事実。朝廷・公家・武家の制度や慣習、儀式などに関する知識。あるいはそれを研究すること。

72

音《おと》に聞く　高師《たかし》の浜《はま》の　あだ波は
かけじや袖《そで》の　ぬれもこそすれ

祐子内親王家紀伊《ゆうしないしんのうけのきい》
［生没年未詳］

金葉集
恋

噂に高しの
高師の浜の
浮気心のあだなみを
わが袖にかけるなんて
できません
涙で袖を
濡《ぬ》らすことになるもの

❖ことばのメモ

【音に聞く】…噂に聞く。

【高師の浜】…大阪府堺市《さかいし》から高石市にかけての海浜一帯。

【あだ波】…いたずらに立つ波。浮気心のたとえ。

【ぬれもこそすれ】…「ぬれる」とは「波と涙で袖がぬれる」の意味。「も」「こそ」共に係助詞だが、「もこそ」で、悪い出来事を予測して心配する気持ちを表す。つまり「ぬれると大変」という意味になる。

波の姿に恋心が織り込まれた歌です。堀河院艶書合《ほりかわいんけそうぶみあわせ》で詠《よ》まれました。艶書つまり恋文ですから、男性から贈られた恋歌《こいうた》に、女性が応える（返歌）という形で、歌を競いあうのです。この歌と組になったのが中納言藤原俊忠《ちゅうなごんふじわらのとしただ》の次の歌。「人知れぬ思ひありその浦風《うらかぜ》に波のよるこそいはまほしけれ」（人知れぬ思いがあるのです。荒《あり》磯《そ》の浦風が吹いて波が水面に寄るように、あなたにこの思いを告げに行きたいのです）。波で来たので波で返したわけです。当時、二十九歳の俊忠に対し、紀伊《きい》は七十歳くらいだったといわれています。歌の対決としてもやるじゃないですか。高師の浜の「高し」には、音（評判）が「高し」が掛けられ、「波」の音のなかには「涙」が響いています。波を「かけじ」というのは、意味としては、あなたの思いを「かけじ」（受け取らない）ということ。ずいぶん技巧的な歌でしょう。恋の「かけひき」を和歌で演じているのです。相手からの求愛をすぐに受け入れてしまってはつまらない、というわけで、この歌、男性の浮気心を牽制《けんせい》しながらも、半分は誘いに応じているようにみえます。

祐子内親王家紀伊は、後朱雀天皇《ごすざくてんのう》の第一皇女祐子内親王に仕えた人です。

73

高砂《たかさご》の　尾上《をのへ》の桜　咲《さ》きにけり
外山《とやま》の霞《かすみ》　立たずもあらなむ

権中納言匡房《ごんちゅうなごんまさふさ》［1041―1111年］

後拾遺集
春

遠い山の
峰《みね》のいただき
一群の桜が見える
手前の山にかかる霞よ
どうか　漂《ただよ》うな
桜なのか　霞なのか
わからなくなってしまうから

ことばのメモ

【高砂】…ここでは「高い山」の意味。
【尾上】…尾は峰。峰のてっぺん。
【外山】…「深山《みやま》」や「奥山《おくやま》」に対して、里に近い山。
【立たずもあらなむ】…立たないでほしい。「なむ」は他に対する希望を表す終助詞。

上《かみ》の句では、遠い山の峰に咲く桜が、そして下《しも》の句では近くの里山にかかる霞が、対比的に詠《よ》み込まれています。霞は、空気中の細かい粒子によって遠くのものがはっきり見えなくなる現象。俳句では春の季語ともなっています。その霞に、「立たずもあらなむ」＝「立たないでほしいなあ」と願っている。文字通り受け取れば、「主役は桜ですよ、霞さん、あんたは邪魔もの、遠慮してよ」と読めますが、このお願いは、形式的なもので、本来は全く違う、桜と霞が、見分けがつかないくらい融《と》け合っている景観に、作者は詩情を感じたに違いありません。遠くに群れ咲く桜は、おそらくぼおっと霞むように見えたはずですし、霞は遠くの桜のようだったでしょう。

そもそもこの歌は内大臣藤原師通《ないだいじんふじわらのもろみち》の家に人々が集《つど》ったとき、「遥《はる》かに山の桜を望む」ことをテーマに詠んだものです。単なる桜ではなく、はるか遠くの山桜が詠《うた》うべき題目だったという点は重要ですね。「あ」の母音が響く格調高い歌です。

作者・大江匡房《おおえのまさひら》は、大江匡衡と赤染衛門《あかぞめえもん》（59番）の曾孫《そうそん》。幼少時より漢書、詩文などに通じ、学者として名高い人でした。

74

憂《う》かりける　人を初瀬《はつせ》の　山おろしよ
はげしかれとは　祈《いの》らぬものを

源《みなもとのとしよりあそん》 俊頼朝臣 ［1055－1129年］

千載集《せんざいしゅう》
恋

つれないあの人が
ふりむいてくれるようにと
たしかに祈ったさ
だがなあ、　初瀬の山おろしよ
おまえほどにも
つめたくきびしくあれと
あのとき
わたしは　祈らなかったぞ

❖ことばのメモ

【憂かりける人】…（わたしに）つれなかった人。

【初瀬】…大和国（奈良県）にある地名。ここに長谷寺《はせでら》がある。

【山おろし】…山から吹き下ろしてくる冷たくきびしい風。

【はげしかれ】…「激しくあれ」の意味。

この歌は、「(神仏に)祈っても、逢《あ》うことができなかった恋」という珍しいテーマで競作された(題詠《だいえい》)ものです。平安の貴族たちは、奈良県桜井市《さくらいし》初瀬《はつせ》の長谷寺にある長谷観音に祈りを捧げ、現世のご利益を願ったそうです。とりわけ長谷寺は恋の成就を祈願する寺として有名だったとか。山の中にあって、そこから吹き下ろす冷たく激しい風が「山おろし」です。迫力のあるネーミングですよね。下降する風ですから、吹き上がる風より風力に暗さがこもっています。祈るには祈ったがあの山おろしほども、無情であっていいとは祈らなかったと、祈りの効果がなかったことを恨んでいるのです。意味をとるなら、「憂かりける人を」が一続きで、「初瀬の山おろしよ」が一かたまりで続きますが、リズムの上では分断されていて、それが面白い味を生んでいます。「山おろしよ」という呼びかけは擬人化《ぎじんか》で字余り。「よ」の取れた伝本《でんぽん》もあります。字余りはリズムを崩しますが、わたしは逆に、そうしたひずみに歌のエネルギーがこもっているのを感じます。

源俊頼朝臣は大納言《だいなごん》経信《つねのぶ》(71番)の三男。子は俊恵法師《しゅんえほうし》(85番)。『金葉集』の撰《せん》者《じゃ》を務め、堀河院《ほりかわいん》歌壇《だん》の中心となって活躍《かつやく》しました。

75

契《ちぎ》りおきし　させもが露《つゆ》を　命にて
あはれ今年《ことし》の　秋もいぬめり

藤原《ふじわらの》　基俊《もととし》［1060―1142年］

千載集《せんざいしゅう》
雑

約束してくださった
あの言葉を忘れない
わたしを頼みにしろと――
させも草に宿る
露のようにありがたいあの言葉を
命と思って生きてきましたのに
ああ今年の秋もいってしまうようです
（愚息は今年も……だめでした）

ことばのメモ

【契りおきし】…「約束しておいた」の意味。字余り。

【させもが露】…「させも」はさしも草のこと（51番参照）。その草に宿る露のようにありがたいの意。

【秋もいぬめり】…「いぬ」は「往ぬ」。過ぎ去ること。「めり」は推量の助動詞。

わかりにくい歌ですが、『千載集』の詞書《ことばがき》を読むと、子《こ》煩悩《ぼんのう》の悩める父親が見えてきますよ。藤原基俊は、息子・僧都《そうず》光覚《こうかく》に、興福寺の維摩経《ゆいまきょう》を講ずる会（維摩《ゆいま》会《え》）の講師《こうじ》*になってほしかった。それまでたびたび選から漏れていたんです。それでこの法会《ほうえ》の主催者、法性寺入道前関白太政大臣《ほっしょうじにゅうどうさきのかんぱくだいじょうだいじん》（76番・藤原忠通《ただみち》）に頼んだところ、忠通は、「なほ頼めしめぢが原のさせも草我が世の中にあらむ限りは」（わたしをあてにしていなさい。させも草のようにジリジリと焼ける悩みがあろうとも、わたしがこの世に居る限りは）という古い歌を示し、そのなかの一句をもって、「しめぢが原」とだけ答えました。あてにしていいという頼もしいおことばです。基俊は希望を繋《つな》いでいたのです。しかし今年の秋もいってしまうようだ、ということは、結局今年も息子は講師になれなかったということ。お気の毒に。恨みと皮肉が、雅《みやび》な和歌に仕立てあげられています。気になるのは、当の息子がどう思ったかということ。案外、他人事《ひとごと》のようにけろっとしていたかも。

藤原基俊は右大臣俊家《としいえ》の子。74番の源俊頼《みなもとのとしより》同様、堀河院《ほりかわいん》の歌壇を盛り上げた保守伝統の歌人でした。

*維摩会の講師　維摩会で講経の任に当たる僧。それに選ばれることは大変な名誉とされた。

コラム

役職・身分

❖上皇《じょうこう》
譲位した天皇の称号。太上天皇の略。

❖法皇《ほうおう》
上皇が出家したときの称号。

❖院《いん》
上皇の尊称。

❖親王《しんのう》
天皇の兄弟または皇子の称号。

❖内親王《ないしんのう》
天皇の姉妹・皇女の称号。

❖中宮《ちゅうぐう》
皇后または皇后御所の別名。

❖御息所《みやすどころ》
天皇の寝所に仕える女官。女御・更衣。

❖内侍《ないし》
内侍司《ないしのつかさ》に仕える女官。尚侍《ないしのかみ》、典侍《ないしのすけ》、掌侍《ないしのじょう》の総称。

❖太政大臣《だいじょうだいじん／だじょうだいじん》
律令官政の最高官。

❖左大臣《さだいじん》・右大臣《うだいじん》
太政大臣につぐ太政官の職。実際政務を行うことが多い。

❖大納言《だいなごん》・中納言《ちゅうなごん》
右大臣、左大臣につぐ太政官の職。

❖権中納言《ごんちゅうなごん》
員外の中納言。

❖参議《さんぎ》
太政官で大臣・納言につぐ官職。参議以上が公卿。

❖少納言《しょうなごん》
実務を担う太政官職の一つ。

❖卿《きょう》
八省の長官。

❖大輔《たいふ》
八省および神祇官の次官のうち、少輔・少副の上に位するもの。

❖大夫《たいふ／だいぶ》
一位以下、五位以上の者の称。のちに五位の通称。

❖大将《たいしょう》
近衛府の長官。左右それぞれ一名。

❖中将《ちゅうじょう》・少将《しょうしょう》
近衛府の次官。中将、少将の順位。

❖位《い》
位階。官職における身分の序列。

❖朝臣《あそん》
皇室から分家した氏族の敬称。五位以上。

❖僧正《そうじょう》
僧の最上位。大・正・権がある。

❖衛士《えじ》
地方から上京し、宮中の警護に当たった兵士。

❖防人《さきもり》
古代、九州の警護に当たった兵士。

第4章

百人一首の豊かさ!

76

わたの原《はら》　漕《こ》ぎ出《い》でて見れば　ひさかたの
雲居《くもゐ》にまがふ　沖《おき》つ白波《しらなみ》

法性寺入道《ほっしょうじにゅうどう》　前《さきの》　関白太政大臣《かんぱくだいじょうだいじん》［1097－1164年］

詞花集《しかしゅう》
雑

大海原《おおうなばら》に
漕ぎ出してみれば
はるかかなたに
沖の白波
ああ　雲かとおもったよ
海も空も
まざりあって

❖ことばのメモ

【わたの原】…大海原。11番参照。
【ひさかたの】…雲、天、空、雨、月、星、光などにかかる枕詞《まくらことば》。
【まがふ】…入り乱れて区別がつかなくなる。
【沖つ白波】…沖の白波。「つ」は、「の」と同義。

崇徳院《すとくいん》（77番）が天皇として在位しているとき、内裏《だいり》の歌合《うたあわせ》（一一三五年）があり、「海上遠望」というテーマで詠《よ》まれました（題詠《だいえい》）。作者は、この崇徳院と、この歌合のおよそ二十年後、保元の乱で争うことになりますが、もちろん双方、そんな運命をまだ知りません。爽快な風景が見えてくる歌でしょう。「わた」って古語で「海」のこと。大海原に漕ぎ出してみれば――という出だしが雄渾《ゆうこん》です。下《しも》の句では、遠方の白波が、雲と見間違《みまちが》える（「まがふ」）と言っています。雲も白波も確かに白くて同じように見えたのでしょう。でも「同じ」という断定でなく「まがふ」と書いたことで、見ている者のまなざしが、心と連動したものとして感じられるのではないでしょうか。遠い水平線上では、海と空とがまざりあい、その区別も曖昧になって、渾然一体《こんぜんいったい》となっているのです。

法性寺入道前関白太政大臣とは藤原忠通《ふじわらのただみち》のこと。晩年、隠棲《いんせい》した法性寺で出家。忠実《ただざね》の子で、兼実《かねざね》、慈円《じえん》（95番）らの父にあたります。書や漢詩でも優れた才能を発揮し、書では法性寺流をおこしました。漢詩集『法性寺関白御集』があります。

77

瀬《せ》を早《はや》み　岩にせかるる　滝川《たきがは》の
われても末《する》に　逢《あ》はむとぞ思ふ

崇徳院《すとくいん》［1119－1164年］

詞花集《しかしゅう》　恋

流れが　あまりに速いものだから
岩にせきとめられ
しぶきをあげる
川の水
いま　真二つに割れても
その先でまた　一つになろう
わたしたちもまた
川のように

❖ことばのメモ

【瀬を早み】…「瀬」は川の流れの浅いところ。「早み」は「速いので」の意味（「～を～み」の用法については1番、48番参照）。

【岩にせかるる】…岩にせきとめられる。

【滝川】…滝ではなく、急な流れのこと。

【われても】…水が分かれることと男女が別れることが重ねられている。

水音が聞こえてくる、激しい恋歌《こいうた》の傑作です。川の速い流れが、前のめりになって恋に突き進む恋人たちの血の流れのようです。ここでは「岩」が、恋の障害物という表情を持っています。真っ二つに割れても（別れても）、きっとまた、いっしょになろう――。「逢はむ」という決意の言葉は、声に出すと最後、唇が重なるでしょう。きゅっと心を切り結ぶようです。

こんな恋歌を残した作者・崇徳院はどんな人だったのでしょう。父は鳥羽《とば》天皇《てんのう》、母は待賢門院璋子《たいけんもんいんしょうし》。しかし実は、鳥羽天皇の祖父・白河院《しらかわいん》と璋子との間に生まれた不義の子だったともいわれています。それゆえ、鳥羽天皇は崇徳院を憎み、その後、天皇の地位をめぐっての骨肉の争いをうみます。鳥羽天皇が崩御《ほうぎょ》した後、崇徳院は弟の後白河天皇と対立し保元の乱が勃発《ぼっぱつ》しました。このとき、後白河天皇側についたのが、76番の作者・藤原忠通《ふじわらのただみち》です。忠通があの歌を作ったおよそ二十年後に、崇徳院を敵にまわして戦うことになったわけです。そんな二人が、『百人一首』で並びあっているのも面白いでしょう。崇徳院は結局、保元の乱に敗北。讃岐《さぬき》（香川県）の白峰《しらみね》に流されました。恨みを抱いたまま、その地で崩御したのでした。

78

淡路島《あはぢしま》　かよふ千鳥《ちどり》の　鳴く声に
幾夜寝覚《いくよねざ》めぬ　須磨《すま》の関守《せきもり》

源兼昌《みなもとのかねまさ》［生没年未詳］

金葉集
冬

淡路島
海渡る　千鳥の
物悲しい　鳴き声に
須磨の関守は
幾夜
目を覚ましたことだろう
そして
そのとき何を思っただろう

❖ことばのメモ
【淡路島】…兵庫県須磨の西南沖《おき》にある島。歌枕《うたまくら》。
【千鳥】…水辺に群れなしてすむ鳥。
【須磨】…今の神戸市須磨区。歌枕。関所があった。

この歌は「関路千鳥」というテーマで詠まれました（題詠《だいえい》）。関路とは関所に通じる道。須磨に旅をした一人の男が旅の宿にでも横になっているのでしょうか。なかなか寝つけないのです。千鳥がちいちいと哀切な声で鳴いているのが聞こえます。千鳥が鳴いているから寝つけないのかもしれない。そのとき、ふと関守の心情を想像したのですね。小さな物語が動き出した気配を感じます。実はもう一人、念頭に置かれて詠んだといわれているのが、『源氏物語』「須磨の巻」の光源氏《ひかるげんじ》です。都落ちして須磨に隠棲《いんせい》した光源氏が、この地で詠んだのが「友千鳥《ともちどり》諸声《もろごえ》に鳴く暁《あかつき》はひとり寝覚めの床《とこ》もたのもし」（千鳥がたくさん鳴いていたから、独り寝の寝覚めの夜明け方も心強かったよ）という歌。兼昌の歌にはこうして、何人もの孤独が、花びらのように華やかに重ね合わされているのです。

源兼昌の父は美濃守《みののかみ》俊輔《としすけ》。宇多天皇《うだてんのう》の皇子を祖に持つ宇多源氏。皇族ながら源の姓をもらった賜姓《しせい》皇族＊です。有力歌人というわけではなかったけれど、この一首を残せたのですから十分ですよね。後に出家しました。

＊賜姓皇族　皇族である身分を離れ、天皇から新たに姓を与えられた元皇族のことをいう。係累をたどっていけば天皇に行き着く。源氏や平氏は代表的な姓。

79

秋風に　たなびく雲の　絶《た》え間《ま》より
もれ出《い》づる月の　影《かげ》のさやけさ

左京大夫顕輔《さきょうのだいぶあきすけ》［1090−1155年］

新古今集
秋

秋風に
雲　たなびき
その切れ間から
一筋　さっと
かがやき　こぼれた
つきのひかり
くっきりと　地上を照らす
きよらかさよ

❖ことばのメモ

【たなびく】…棚引《たなび》く。雲や霞《かすみ》が横に長く引く。

【絶え間】…途切れた、切れ間のこと。

【さやけさ】…形容詞「さやけし」が名詞化した。清く澄み、くっきりときわだっているさま。

風が吹いています。その風に雲が動いた。すると途切《とぎ》れ目ができて、それまで雲に隠れていた月が現れ、月光がさっとこぼれたのです。一瞬のできごとですが、予想していなかっただけに、心のなかで、あっと声があがったかもしれません。その光、その射し方。読む者の心の一番奥にまで、一気に届きそうな気配があるでしょう。無音の世界ですが、この月光に音を想像するなら、硬質で冷たい音でしょうね。「月の影のさやけさ」と書いていますが、月の光のこと。「影」とは光のことなんですね。古語辞典で「かげ」を引いてみてください。筆頭に出てくるのが「光」で、その他、物の姿・形、鏡や水面に映る姿・形、光にさえぎられてできる暗い部分等々、たくさんの意味が出てきて、実に興味深いです。さやけさについては、「ことばのメモ」にも出しました。汚れをふりおとすような、浄化力のあることばですよね。月光の形容にぴったりでしょう。四句目の字余りが効いていて、字のあふれが、まさに月の光のあふれを体現しています。

左京大夫顕輔は藤原顕輔《ふじわらのあきすけ》。歌道流派の一つである六条家の祖、藤原顕季《あきすえ》の三男です。父を継ぎ歌壇《かだん》で活躍しました。

80

長《なが》からむ　心も知らず　黒髪《くろかみ》の
乱れて今朝《けさ》は　物をこそ思へ

待賢門院堀河《たいけんもんいんのほりかわ》
［生没年未詳］

千載集《せんざいしゅう》
恋

「ずっと長く変わらないよ」　とおっしゃっても
そんなあなたの心が
わたしには　わからない
一人になると
不安でたまらなくなる
寝《ね》乱れた
今朝の黒髪
千々《ちぢ》に乱れて　物思うばかりです

◈ことばのメモ
【長からむ心】…長く変わらない心。
【物をこそ思へ】…物思いをする。強調の係助詞「こそ」を受け「思ふ」の已然形で結ばれた（係り結び）。

強くて真っ黒な、一本の長ーい髪の毛のような歌です。ただ、冒頭がちょっとわかりにくい。「長からむ心」でひとかたまりと考えてみてください。「末長く変わらない（という男性の）心」の意です。77番、79番の歌と共に、崇徳院主催《すとくいんしゅさい》の「久安百首」*で詠《よ》まれました。形としては、男が後朝《きぬぎぬ》の歌を贈ってきた、そこに「気持ちは変わらない」と書きつけてあった、それに対する返歌という趣向で詠まれているのでしょう。女は、翌朝、一人になってふと不安になったんです。寝乱れた自分の蛇《へび》のような髪が、不安感を一層、増大させたのではないかしら。それで、「心も知らず」＝「あなたの心なんてわからないわ」と正直な心情を返したのです（ちなみに、「心も知らず」は35番の歌にも出てきます）。冒頭の「長からむ」と、四句目の「乱れて」が「黒髪」の縁語《えんご》。「黒髪の乱れて」と「乱れて今朝は」というふうに、「乱れて」が上下両方に二重にかかっていくのも面白いでしょ。

待賢門院堀河は待賢門院藤原璋子《ふじわらのしょうし》に仕え、堀河と呼ばれました。璋子の子は崇徳院（77番）ですが、彼の悲運は母にも及び、立場を失った璋子は出家し、それに伴って堀河も出家したのでした。

＊久安百首　崇徳院の命により、テーマごとに、百首の歌が詠まれた。崇徳院自らの歌も入っている。

81

ほととぎす　鳴きつる方《かた》を　ながむれば
ただ有明《ありあけ》の　月ぞ残れる

後徳大寺左大臣《ごとくだいじのさだいじん》［1139―1191年］

千載集《せんざいしゅう》　夏

あけがた
しじまのなかに
ほととぎすを　聴《き》いた
声のするほうを　眺《なが》めてみたが
鳥の姿は　どこにもみあたらず
ただ　空に
有明の月が
残っているばかり

ことばのメモ
【ほととぎす】…夏の到来《とうらい》を告げる鳥。夜半から夜明け前にかけて鳴く。
【鳴きつる方】…方は方角。ほととぎすが鳴いている方角。
【有明の月】…明け方、空に残っている月のこと。

鳥の声というものは透明で純粋で、不思議に人の心を魅了しますね。歌に出てくるほととぎすの声は、リズミカルで美しいうえに、季節（初夏）を告げる声として、平安人に珍重されてきたのでした。『万葉集』以来、ほととぎすを詠《よ》んだ歌はたくさんあるけれど、この一首はとりわけ評判を集めてきたようです。明け方の、まだ薄ぼんやりとした空気のなか、静まり返った空間を、一声、突き破るように、ほとぎすが鳴く。鳴いてすぐに、枝から飛び去ってしまったのでしょうか。声のみで姿が見えずというのが、粋で面白いでしょう。ほととぎすの姿を見つけることはできず、はぐらかされたような所在なさのなかで、ふと空の残月が目に入った――という趣向です。ここには聴覚から視覚へのなめらかな転換があり、同時に夜がしらじらと明けていく、時の移りゆくさまも感じられます。

後徳大寺左大臣＝藤原実定《ふじわらのさねさだ》は、定家《ていか》（97番）のいとこにあたる人です。祖父の徳大寺左大臣実能《さねよし》と区別するために、後徳大寺と呼ばれたそうです。管絃《かんげん》の才にも恵まれた人だったそうですよ。

82

思ひわび　さても命《いのち》は　あるものを
憂《う》きに堪《た》へぬは　涙《なみだ》なりけり

道因法師《どういんほうし》
［1090―没年未詳］

千載集《せんざいしゅう》
恋

恋の辛《つら》さに
嘆き悲しんでも
命は　こうしてある
そう簡単に死ねるものではない
堪《こら》え性《しょう》のないのは
わが涙のほうだ
ぼうぼうと
流れるままで

ことばのメモ
【思ひわび】…「思ひ侘《わ》ぶ」の連用形。思い悲しむ。辛く思う。
【さても】…そうであっても。

比べようもない「命」と「涙」をあえて比較することで、人生の痛みを、ユーモラスな視点でつかみ直した歌です。恋の辛さに「もう死んでしまいたいっ」と願ってみても、そう簡単に死ねるものじゃない。命は意思とは別に、見えない縁《えん》にからめとられ、この世に繋《つな》ぎ止められているのです。一方、涙は抑えようとしても理性をはずれて簡単にあふれてしまう。このことを、道因法師は「命は辛さに耐えているのに、涙は辛さに耐えられずに流れるばかりだ」と詠んだわけです。実際は涙は流れることで、我が命を守っているようにもみえますね。恋心が、理性を一層、制御不能にさせるわけですが、しかし道因法師さんは、自分の肉体の、コントロールできない不思議なからくりに、むしろ救われたのではないでしょうか。命はこうしてある。泣けるなら、思いきり泣いたらよいのだ。そんな声もこの歌から聞こえてきます。

道因法師は、俗名《ぞくみょう》・藤原敦頼《ふじわらのあつより》。八十を過ぎて出家、道因を名乗りました。老いても歌への執念は衰えることがなく、鴨長明《かものちょうめい》『無名抄《むみょうしょう》』には、「歌の道にこれほど志が深い人は、他にいない」とまで書かれています。九十になり耳が遠くなっても、歌会では講師《こうじ》のそばへ分け寄って耳を傾けたそうですよ。

83

世の中よ　道こそなけれ　思ひ入《い》る
山の奥《おく》にも　鹿《しか》ぞ鳴くなる

皇太后宮大夫俊成《こうたいごうぐうのだいぶしゅんぜい》［1114－1204年］

千載集《せんざいしゅう》
雑

憂《う》き世である
ここから逃《のが》れる
道はなかろう
思いつめて
山にわけ入れば
山の奥では
ああ
鹿が鳴いているようだよ

ことばのメモ

【道こそなけれ】…強調の係助詞「こそ」を受けて、形容詞「なし」の已然形《いぜんけい》「なけれ」（係り結び）。現世から逃れる道（てだて）はない。

【思ひ入る】…「一途《いちず》な思いに入る」と「山に入る」が掛《か》けられている。

【鹿ぞ鳴くなる】…鹿が鳴いているようだ。強調の係助詞「ぞ」を受け「なり」（推定の助動詞）は連体形「なる」となる（係り結び）。

「世の中よ道こそなけれ」――ここで切れる、二句切れの歌です。痛切な叫びですよ。現世から逃れる道はないと言い切っている。俊成が二十七歳のときの作品といわれていますが、随分、老成した思いを抱いていたものです。この世に嫌気がさし、山の奥へ入ってみた。すると鹿が哀切《あいせつ》な声で鳴いていたというのです。その声を聴き、この世の外へは容易には出られぬものであることを覚悟し観念したのでしょうか。何の説明もなく鹿を出していますが、人間のように、意味あることばを話さない分、動物の声には、生きる哀しみのようなものが色濃く現れ、逆に人間を慰めてくれることがあります。時は平安末期。時代の無常感は、俊成のなかにも及んでいたのかもしれません。

この歌が作られたのと同じ頃、西行《さいぎょう》（86番）が二十代前半で謎の出家をとげています。そのことに思うところもあったでしょう。しかし俊成自身が出家したのは、病いを患《わずら》った晩年、六十三歳とだいぶ後です。法名は釈阿《しゃくあ》といいました。九十一歳で没。息子、定家《ていか》（97番）と二代にわたり、歌壇《かだん》の大御所として活躍しました。後白河院の命により『千載集』の撰者となっています。

84

長《なが》らへば　またこのごろや　しのばれむ　憂《う》しと見し世ぞ　今は恋《こひ》しき

藤原清輔朝臣《ふじわらのきよすけあそん》
［1104–1177年］

新古今集
雑

この先
長く生きたのなら
嘆き暮らしている今も
懐かしく
しのばれるのだろうね
辛《つら》かったあの時代だって
今は
こうして懐かしいのだもの

◈ことばのメモ

【長らへば】…生きながらえていたら。
【このごろ】…辛いことの多い、このごろの意。
【しのばれむ】…懐かしく思う。
【憂しと見し世】…辛いと思ったとき、時代、過去。

今は辛いが、未来の時間から「今」を眺めたのなら、懐かしく思うだろうというのです。その根拠に、再び「今」をあげ、辛かった過去も、こうして今は懐かしいのだからという。現代人も十分共有できる思いが、ここにはさらりと書かれてあります。生きることは、たえず「今」を乗り越えていくことです。現在・過去・未来という、時間の不思議なありようを、人生の随所で感じ取ってきた人の歌といえます。

作者・藤原清輔朝臣は、和歌の名門、六条家の生まれ。父は藤原顕輔《あきすけ》（79番）。顕輔の父が、六条家の祖、顕季《あきすえ》です。清輔自身、実作のみならず俊成《しゅんぜい》と並ぶ歌学者として、『袋草紙《ふくろぞうし》』ほか歌学書を著しました。ただ、父とは仲があまりよくなかったようで、父が撰定《せんてい》に関わった『詞花集《しかしゅう》』に清輔の歌は採られていません。実力に比して何かと不遇だったようです。きっとわたしたちの想像以上に、いろいろな鬱《うっ》屈《くつ》があったことでしょう。でもこの歌を見る限り、そのことをいつまでも執念深く考えていません。ちょっとほっとします。時は流れる。苦しみも、たとえ消えなかったとしても、変化して「思い出」になるのです。さあ、わたしたちも生きましょう。

85

よもすがら　物思《もの》ふころは　明けやらぬ
閨《ねや》のひまさへ　つれなかりけり

俊恵法師《しゅんえほうし》
［1113－没年未詳］

千載集《せんざいしゅう》
恋

待ちわびて
一晩中
物思いにふけっているこのごろ
いっそ　朝が来てくれればよいのに
夜はなかなか明けてくれない
寝室の　戸の　隙間《すきま》までもが
無情に思えてならないのです

❖ことばのメモ
【よもすがら】…一晩中。
【閨のひま】…「閨」は寝室。「ひま」は戸の隙間。

俊恵法師が歌合《うたあわせ》の席で、「女」の立場になって詠《よ》んだ歌です。「閨《ねや》のひま」なんて、面白いところに目をつけたものですね。朝が来れば、その寝室の隙間から、神々《こうごう》しい朝の光が漏れてくるはず。しかしそこから垣間《かいま》見《み》えるのは、いつまでたっても漆《しっ》黒《こく》の闇《やみ》ばかり。待つ身の辛さ、どうどうめぐりするばかりの出口のない状態に、その隙間さえ、つれなく見えるというのです。朝が来てしまったら、男がやっぱり来てくれなかった現実を認めるしかありません。それも辛いことですが、この状況を突破できるのなら、いっそ早く朝が来ればいいと思っているようです。

三句目をここでは、『千載集』や私家集にならって、「明けやらぬ」と出しましたが、江戸期以降の比較的新しいものには「明けやらで」と表記されたものもあります。「で」は打ち消しの接続助詞ですから意味的にはここで切れますが、「明けやらぬ」だと「閨」にかかります。

俊恵は、源《みなもとの》俊頼《としより》（74番）の子。祖父は、源経信《つねのぶ》（71番）です。歌論書『無名抄《むみょうしょう》』を著した鴨長明《かものちょうめい》は、俊恵の弟子でした。

86

嘆《なげ》けとて　月やは物を　思はする
かこち顔《がほ》なる　わが涙《なみだ》かな

西行法師《さいぎょうほうし》
［1118－1190年］

千載集《せんざいしゅう》
恋

嘆けと月は言ったかい？
（いいや）
わたしの物思いは月のせいかい？
（いいや）
けれど何もかもを月のせいにして
わが涙は　流れ落ちる
そうさ、それでいい
月が悪い

❖ことばのメモ

【月やは物を思はする】…「やは」は反語。月がわたしに物思いをさせるのか、いやそうではない。

【かこち顔】…「かこつ」は他のもののせいにする。ここでは、すべてを月のせいにしているような顔のこと。

「月前恋《つきのまへのこひ》」という題で詠《よ》まれたもの（題詠《だいえい》）です。恋の歌なんです。「月やは」の部分は「ことばのメモ」をごらんください。涙の原因が月でなく、やっぱり恋だとわかりますよね。「かこち顔」ということばは耳に残ります。月のせいにしたげな顔ということですが、いくども読むうちに、もはや涙の原因はなんであってもいいという気持ちになります。恋する人は何かにつけて心が鋭敏になっていますから、月を見てわけもなく涙が流れ出るということもあるでしょう。あまり頭で理屈をつけないで、さらりと読みたい一首です。同趣向の歌として23番・大江千里《おおえのちさと》の作品があり、そこから触発されたのではと指摘する研究者もいます。

西行は、俗名《ぞくみょう》・佐藤義清《さとうのりきよ》。二十三歳で出家後は円位あるいは西行と号して諸国をめぐり、多くの和歌を詠みました。出家の理由として高貴な女人へのかなわぬ恋などがあげられていますが詳細は不明です。出家に際し、まとわりつく子供を縁側から蹴落とし肉親の情を断ったなど、覚悟の逸話も伝えられています。「願はくは花の下にて春死なむそのきさらぎの望月《もちづき》のころ」、この歌のとおり、春に没しました。

87

村雨《むらさめ》の　露《つゆ》もまだひぬ　槇《まき》の葉に
霧たちのぼる　秋の夕暮

寂蓮法師《じゃくれんほうし》
［1139頃―1202年］

新古今集
秋

むらさめが
ひとしきり降り
通りすぎていった
槇の葉のうえに
雨滴《うてき》が光っている
あたりには　霧
いちめん
秋の夕暮れである

ことばのメモ

【村雨】…にわか雨。とりわけ秋から冬にかけて断続的に降る雨をいう。

【ひぬ】…干る（乾く）の未然形「ひ」に、打ち消しの助動詞「ず」の連体形「ぬ」がついたもの。

　さあ、感覚を全開にして、この風景のなかに身体ごと飛び込んでみましょう。村雨とはにわか雨。急に烈《はげ》しく降り、さっとあがります。こういう雨は余韻を残しますね。雨滴はまだ槙の葉の上。それを「まだ干ぬ」（まだ乾《かわ》いていない）と表現しています。心はまだ雨に繋《つな》がっている状態。そこから徐々に詩が動き出した気配がみえます。気づくと、あたりには霧。夕暮れどき、薄《うす》い闇《やみ》が下りてくると、大気の気温が下がり、霧が発生したのでしょう。すべてが墨の濃淡で描き分けられたような世界です。でもこの歌は動かない絵ではない。千年後の今も、動画のように動いているでしょ。さびしさが「霧」となって、もやもやとあたりにたちこめながら、次第にゆっくりと移動していく。それを引き止めるように、「秋の夕暮」と、体言止めで終わっています。霊気《れいき》といいたいようなひんやりとした冷気が肌を取り巻く感じがします。

　寂蓮法師は俗名《ぞくみょう》・藤原定長《ふじわらのさだなが》。俊成《しゅんぜい》の兄弟阿闍梨俊海《あじゃりしゅんかい》の子で、俊成の養子となりました。だから定家《ていか》の義理の兄ということになります。三十代半ばで出家し寂蓮を名乗りました。『新古今集』撰者に任命されながら完成前に没したということです。

88

難波江《なにはえ》の　蘆《あし》のかりねの　ひとよゆゑ
みをつくしてや　恋《こ》ひわたるべき

皇嘉門院別当《こうかもんいんのべっとう》［生没年未詳］

千載集《せんざいしゅう》
恋

難波《なにわ》の入江に生えている
蘆の刈《か》り根の一節《ひとよ》のような
一夜《ひとよ》かぎりの恋をしたばかりに
澪標《みおつくし》――この身を尽くし
この先もずっと
恋焦《こ》がれることになるのでしょうか
あなたに

ことばのメモ

【難波江】…現大阪市付近の海の古称《こしょう》。蘆の名所。多くの遊女がいたらしい。

【蘆のかりね】…「かりね」は掛詞《かけことば》。「蘆の刈り取った根」と「旅の宿での男女の仮の一夜（仮寝）」。「難波江の蘆」が「かりねのひとよ」を導く序詞《じょことば》。

【ひとよ】…蘆の節（茎にある区切り目）の一つを一節というが、「男女の一夜」と掛詞になっている。

『千載集』詞書《ことばがき》によれば、「旅宿に逢《あ》ふ恋」というテーマで詠《よ》まれた（題詠《だいえい》）ものです。旅の宿での一夜限りの恋。その一度を結んだばかりに、この先も長く一人の人を思い続けることになるのだろうかと、自分で自分に問いかけています。「みをつくしてや」の「や」は疑問の係助詞。この一語から女の苦悩が伝わってきます。「ひとよゆゑ」の「ゆゑ」も気になります。仮寝の一夜が原因で、そのあとも長く続く恋の苦悩が始まるということでしょう。最初は遊びのつもりだったのだが予想に反して本気になってしまったということではなさそうです。恋に仮寝などなく、一度結ばれておしまいになるような後腐《あとくさ》れのないものは、恋とも呼べないということでしょう。「刈り根」と「仮寝」、「一夜《ひとよ》」と蘆の「一節」、難波江にある「澪標」（船の水路を示す杭《くい》）と「身を尽くし」というようにいくつもの掛詞が駆使されています。「恋ひわたる」ということばも美しいですね。渡るとは、広い範囲に及ぶこと。ここでは長い時間にわたって思い続けるという意味を作ります。

皇嘉門院別当は、源《みなもとのとしたか》俊隆の娘。崇徳天皇《すとくてんのう》の皇后聖子《せいし》に仕えた女房の一人でした。

89

玉《たま》の緒《を》よ　絶えなば絶えね　ながらへば
忍《しの》ぶることの　弱りもぞする

式子内親王《しょくしないしんのう》［1149－1201年］

新古今集
恋

玉を貫《つらぬ》く緒《お》よ　わが命の流れよ
切れるというなら
いっそ切れてしまいなさい
この先　長く生きたとして
恋を忍ぶ力が
弱まってしまうと
困りますから

ことばのメモ
【忍ぶること】…感情が表に出ないようにこらえること。
【弱りもぞする】…弱ったら大変だ。係助詞「も」「ぞ」の重なりで、不安・懸念を表す。～すると困る。

激流の恋歌《こいうた》です。「忍ぶ恋」をテーマに作られましたが、作りものという感じはしません。上二句《かみ》「玉の緒よ　絶えなば絶えね」で、いったん意味が切れます。玉は同音の魂《たま》に転じて「命」そのものを表しますが、それを繋《つな》ぐ紐《ひも》が「玉の緒」。魂を繋ぎ止めることから命が続くことを意味します。その玉の緒に即して、自分の命に、「切れてしまうというのなら、切れてしまえ」と命令している。「死んでしまいたい」というい方ではありません。だからよけいに哀しいのです。下《しも》の句では、上の句の激しさが一転して、少し気弱な調子になります。「絶えなば絶えね」と激しくいい放った理由が綴られています。この先、長く生きて恋を忍ぶ力が弱くなり、世間にあからさまになってしまったら困るからというのです。この恋は、どうしても秘めておかなければならないものだったと思われます。

式子内親王は後白河天皇《ごしらかわてんのう》の第三皇女。賀茂斎院《かものさいいん》として長きにわたって賀茂神社に奉仕しています。後に出家し、生涯独身でした。藤原俊成《ふじわらのしゅんぜい》に師事し、俊成の子、定《てい》家《か》とも深い交流があったようです。

90

見せばやな　雄島《をじま》のあまの　袖《そで》だにも
濡《ぬ》れにぞ濡《ぬ》れし　色はかはらず

殷富門院大輔《いんぷもんいんのたいふ》
［1131頃―1200年頃］

千載集《せんざいしゅう》
恋

あなたに見せたい
見ていただきたいのです
雄島《おじま》の漁夫の袖だって
濡れに濡れても
ここまでは変わらないでしょう
わたしの袖は
濡れただけじゃない
涙で色まで変わってしまったんです

◈ことばのメモ

【見せばやな】…見せたいものだよなあ。「ばや」は願望の終助詞。「な」は詠嘆《えいたん》の終助詞。

【雄島】…陸奥国《みちのくに》（現宮城県）松島諸島の一つ。歌枕《うたまくら》。

【あま】…海人・海士・海女などと書くが、ここでは、漁師・漁夫のこと。

【だに】…副助詞。程度の軽いものをあげて類推させる。～でさえ～ましてや（せめて）～。

初句切《しょくぎ》れを意識して読んでみましょう。思い切った歌い出しに、いきなりぐっと胸元をつかまれるでしょう。歌合《うたあわせ》で作られた恋歌《こいうた》です。お見せしたいと切り出しながら、見せたいものが和歌には書いてありません。それと比べるもの（漁師の袖）を書くことによって類推できるように書かれています。雄島の漁師の袖は海水を幾《いく》度《ど》もくぐりぬけ、濡れに濡れても色までは変わらなかったという。それにひきかえわたしの袖は、涙で色まで変わってしまったと言いたいわけです。通説では、漢詩文の影響を見て、紅涙《こうるい》（血の涙）で色が変わったと解釈しています。本歌取りの歌で、源重之《みなもとのしげゆき》（48番）の作った「松島や雄島の磯《いそ》にあさりせしあまの袖こそかくは濡れしか」（いつか見た、松島の雄島の磯で漁をする漁師の袖も、わたしの袖のように濡れていたなあ）を踏まえ、それに返すかたちで書かれました。男女の一組が、恋の歌をやりとりしたようにみせていますが、二つの歌の間には、百年以上の年月がたっていることをお忘れなく。

殷富門院大輔は、藤原信成《ふじわらののぶなり》の娘。後白河天皇第一皇女亮子内親王《りょうしないしんのう》（殷富門院）に仕えました。

91

きりぎりす　鳴くや霜夜《しもよ》の　さむしろに
衣片敷《ころもかたし》き　ひとりかも寝《ね》む

後京極摂政前太政大臣《ごきょうごくせっしょうさきのだいじょうだいじん》
［1169－1206年］

新古今集
秋

こおろぎが鳴いている
ああ　鳴いている
霜の降りた夜
さむしろに
衣の片袖《かたそで》
敷いてねむる
おれ　独りの
夜

ことばのメモ

【きりぎりす】…今でいうこおろぎのこと。

【さむしろ】…「さ」は接頭語。むしろのこと。

【衣片敷き】…昔、思いあった男女は、互いの着物を敷き交わして共寝《ともね》した。独り寝のときは、自分の着物の片袖を敷く。片敷きとは独り寝のこと。

霜が降りるほどの晩秋の夜。独り寝の寂しさが、虫の声によって慰められるようでもあるし、いっそう増すようでもあります。「さむしろ」と「寒し」が掛詞《かけことば》。「霜夜」、「さむしろ」、「かたしき」と、ずいぶん、さ行が響いています。音からも薄ら寒さが伝わってくるでしょう。『新古今集』では秋のなかに収められていますが、恋のなかに入れてもおかしくない歌です。本歌と考えられている歌が何首もありますが、例えば次の二首はいずれも恋歌《こいうた》です。「さむしろに衣かたしき今宵《こよひ》もやわれを待つらむ宇治の橋姫《はしひめ》」（『古今集』詠《よ》み人知らず）、「あしびきの山鳥の尾《を》のしだり尾のながながし夜をひとりかも寝む」（3番）。

91番のこの歌を後鳥羽院《ごとばいん》に詠進《えいしん》（詩歌を作り、宮中などに提出すること）する直前に、作者は妻をなくしているようです。その数年後には、自分自身も三十八歳で急死することになるのです。それでも生きていた間は、和歌を俊成《しゅんぜい》に師事し、漢詩や書にも優れた才を発揮した貴公子でした。

後京極摂政前太政大臣＝藤原良経《ふじわらのよしつね》は、法性寺入道藤原忠通《ほつしようじにゆうどうふじわらのただみち》（76番）の孫。関白九条兼実《かんぱくくじょうかねざね》の子にあたります。

92

わが袖《そで》は　潮干《しほひ》に見えぬ　沖《おき》の石の
人こそ知らね　乾《かわ》く間もなし

二条院讃岐《にじょういんのさぬき》
［1141頃－1217年頃］

千載集《せんざいしゅう》
恋

引き潮になっても
姿をあらわさない
沖の石のこと
あなたは知らないでしょう
乾く間もなく
濡《ぬ》れ続けているのです
あの石も
私の袖も――

❖ことばのメモ

【潮干】…引き潮のこと。

【人こそ知らね】…この「人」は、世間の人とも、恋人ともとれる。係り結びの法則で、「こそ」を受けて、打ち消しの助動詞「ず」が「ね」と已然形《いぜんけい》をとる。

「石に寄する恋」という面白いテーマで詠《よ》んだ（題詠《だいえい》）歌です。自分が海の沖の石になるくらい、想像力を飛ばしてみてください。百年、千年と誰の目にもとまらないかもしれない石。ずっと海水に浸《ひた》されているのです。なんという孤独でしょう。世間には明らかにできない、秘めた恋の歌と読むこともできます。乾く間もない沖の石に、作者は涙で濡れっぱなしの自分の袖を重ね合わせた。当時も斬新な歌だったのでしょうね。この一首で「沖の石の讃岐」と呼ばれたそうです。和泉式部《いずみしきぶ》の歌「わが袖は水の下なる石なれや人に知られでかわく間もなし」を本歌取りにしたといわれていますが、「水の下なる石」より「沖の石」のほうが、表現としてはシャープです。讃岐の父、源三位《げんざんみ》頼政《よりまさ》の歌に「ともすれば涙に沈《しづ》む枕《まくら》かな潮満つ磯《いそ》の石ならなくに」があり、想を得たのではないかともいわれています。沖の石と袖とは、本来は遠いものですが、涙と海水に共通する「塩気」をもって、一首のなかでうまく溶け合わされているといってもいいでしょう。

二条院讃岐は二条天皇に仕え、そのあと後鳥羽《ごとば》天皇《てんのう》の中宮・宜秋門院《ぎしゆうもんいん》にも仕えました。父親譲《ゆず》りの歌才の持ち主でした。

93

世の中は　常にもがもな　渚漕《なぎさこ》ぐ
あまの小舟《をぶね》の　綱手《つなで》かなしも

鎌倉右大臣《かまくらのうだいじん》［1192―1219年］

新勅撰集《しんちょくせんしゅう》
羇旅《きりょ》

世の中は
いつも変わらずに
あってほしいよ
波打ち際を
漁師がゆく
その手がひく
小舟《おぶね》の先の
綱《つな》のかなしさ

ことばのメモ

【常にもがもな】…常に変わらないものであってほしいなあ。「もがも」は実現が難しそうなものについて願望を表す終助詞。「な」は詠嘆《えいたん》の終助詞。世の中が、いつも常なる状態（平安）であったらいいなあ。

【あま】…海人。漁師・漁夫のこと。90番参照。

【綱手】…舟を浜へ引くために舳先《へさき》につけられた綱。

上《かみ》二句では世の平常を願い、ここで意味が一旦《いったん》切れます。下《しも》三句で一転して、波打ち際をゆく漁師の描写がなされています。漁師にしたら、毎日繰り返しているいつもの仕事です。それがなぜ、作者・鎌倉右大臣こと源実朝《みなもとのさねとも》の心にくいこんできたのか。平穏《へいおん》な日常というものが、そうした何気ない日々の作業によって支えられていることに気づいて、感慨を深めたのかもしれません。兄の頼家《よりいえ》の後を継ぎ、若年十二歳にして征夷大将軍《せいいたいしょうぐん》となった実朝は、陰謀渦巻《いんぼううずま》く政界の真ん中で、不安定な日々を送っていたはずです。

一方で、この人には抜群の歌の才能がありました。先生は藤原定家《ふじわらのていか》。政治と文学の狭間に、ふと虚心をあそばせるような瞬間もあったことでしょうね。綱手がかなしいとありますが、それを見る実朝の心がかなしいのです。ちなみに「かなし」はなかなか複雑なことば。いとしい、かわいい、心が痛いといったほかに、身にしみて心をひかれる思いが含まれます。

この後、実朝は右大臣にのぼりつめ、その翌年には鶴岡八幡宮《つるがおかはちまんぐう》で、頼家の子公暁《くぎょう》に暗殺されてしまった。その悲劇の予感までをも、ここに入れ込んで読んでみるなら、おおらかで素朴な歌いぶりに、やっぱりかなしみが見えてきます。

94

み吉野《よしの》の　山の秋風　小夜《さよ》ふけて
ふるさと寒く　衣《ころも》うつなり

参議《さんぎ》雅経《まさつね》
［1170―1221年］

新古今集
秋

吉野の里に
吹《ふ》き下ろす
山の秋風
夜《よ》も更《ふ》ければ
ふるさと
寒く
とぉん　とぉん　と
衣打つ音

ことばのメモ
【み吉野】…「み」はほめたたえる気持ちを付け加える接頭語。現奈良県吉野郡。
【小夜】…「さ」も接頭語。語調を整える。

「衣うつ」とありますが、砧《きぬた》打ちのことです。衣を打ち、やわらかくしたり皺《しわ》をのばしたりして布地に光沢《こうたく》をだすのです。吉野の里の秋。あっちの家でもこっちの家でも、夜なべ仕事として、女性がとんとんと布を打っています。どんな音かしら。想像してみましょう。木や石の台に布を置いて、木槌《きづち》でたたいたそうです。季節は秋。秋といっても、冬のしのびよる気配があります。夜もだんだん更けていきます。山から里へ冷たい風も吹き下ろしています。こうして全体が次第に重いほうへと下降していくなか、その重さに穴をあけるように、とぉん、とぉんと砧の音が響いています。明るい無常感のようなものが漂《ただよ》っていますね。『古今集』にある「み吉野の山の白雪つもるらしふるさと寒くなりまさるなり」を本歌とする、本歌取りの歌ですが、本歌の季節は雪降る冬で無音の世界です。いっぽう、雅経の歌では、季節が秋から冬へと動いていて、衣打つ音が新しく加わっています。本歌取りというのは、こうして歌に新たな命を吹き込むことだったのです。

参議雅経＝藤原《ふじわらの》雅経は『新古今集』の撰者の一人。和歌と蹴鞠《けまり》の家、飛鳥井家《あすかいけ》を開きました。

95

おほけなく　うき世《よ》の民《たみ》に　おほふかな
わがたつ杣《そま》に　墨染《すみぞめ》の袖《そで》

前大僧正慈円《さきのだいそうじょうじえん》［1155－1225年］

千載集《せんざいしゅう》
雑

身のほど知らずと
わきまえてはいるが
憂《う》き世の民に
覆《おお》い懸《か》ける覚悟でいるよ
比叡山《ひえいざん》に
住み初めの
わが墨染《すみぞめ》の
僧衣《そうい》を

ことばのメモ

【おほけなく】…形容詞「おほけなし」は、厚かましい、身分不相応だ、の意。

【うき世の民】…辛いことの多いこの世の人民。

【おほふ】…被ふ・覆ふ。

【わがたつ杣】…「杣」は「杣山」の略。植林して木を切り出す山のこと。ここでは比叡山延暦寺《えんりゃくじ》をさしている。「わたしが拠《よ》って立っているところの比叡山の～」という意。

恋や自然の歌を読んできた目には、だいぶ異色に映る歌ですよね。天台宗の僧侶としての、澄み切った決意を詠《うた》ったものなんです。自分の墨染の袖（僧衣）を、憂き世の民に覆いかけると宣言しています（倒置法）。覆うことで、人民の幸いを守り、救いたいという気持ちのあらわれでしょう。時は平安末期。慈円はこの歌を詠《よ》んだとき、三十歳くらいです。「おほけなく」という控えめな歌い出しが、とても謙虚で若々しいですね。

こんな作者だから、その後は出世をしました。大僧正は僧位の最高位。天台宗の総本山、比叡山延暦寺の、貫主《かんしゅ》いわゆる天台座主《ざす》を、四度も務めたそうです。なお、「墨染」とは僧服のことですが、（延暦寺に）「住み初め」（住み始めたばかり）という意味も掛けられています。なかなか感情を移入しにくい歌ですが、この世を覆う、大きな僧衣を想像してみてください。その裳裾《もすそ》から、墨の香りがふわっとたちのぼってくるようではありませんか。濁世《じょくせ》のほこりがはらわれるような清新な決意に、こちらの身も洗われるようです。

前大僧正慈円は、関白藤原忠通《ふじわらのただみち》（76番）の子。史論書『愚管抄《ぐかんしょう》』を著しました。

96

花さそふ　嵐《あらし》の庭の　雪ならで
ふりゆくものは　わが身《み》なりけり

入道前《にゅうどうさきの》太政《だいじょう》大臣《だいじん》［1171―1244年］

新勅撰集《しんちょくせんしゅう》
雑

花を誘って
絢爛《けんらん》と　吹き荒れる
春の嵐
嵐の庭よ
降る雪のようだが　雪ではない
降りゆくものは　古《ふ》りゆくもの
古りゆくものとは
このわたしだ

❖ことばのメモ

【花さそふ】…花を誘うように吹き荒れる春の嵐の様子。「花」は桜。

【雪ならで】…雪ではなくて。「で」は打ち消しの接続助詞。

【ふりゆくもの】…「降り」と「古り」の掛《かけ》詞《ことば》。「降りゆく花」と「古りゆく我が身」。

「花さそふ嵐の庭の」とは、なんて見事な出だしでしょう。花が嵐に誘われて、絢爛と舞い上がっているのです。いわゆる擬人化《ぎじんか》ですね。お芝居《しばい》の一シーンを見ているようでしょ。「雪ならで」とありますが、「で」は、打ち消しの接続助詞。（雪のようだが）雪ではないということです。そうして「降る」を同音の「古る」に掛けながら、最後は、花吹雪のなかに、一人の白髪の老人を立たせました。それが「わが身」、作者自身です。小野小町《おののこまち》（９番）も、同様のテーマを、桜に託して詠《うた》っています。ぜひ、読み比べてみてください。嵐に散り急ぐ桜が、まるで老いを照らすライトのように働き、老いを詠っても、あまりわびしさを覚えません。作者のキャラクターもあるのでしょうか。むしろこの歌には、老いの華やかさや色気を感じます。

入道前太政大臣とは藤原公経《ふじわらのきんつね》。姉が定家《ていか》と結婚し、定家の義弟となりました。妻が源頼朝《みなもとのよりとも》の妹婿・一条能保《いちじょうよしやす》の娘で、承久《じょうきゅう》の乱では幕府方に密通し、その後、栄華をきわめました。人生も花吹雪が似合う人だったんです。老いだけが思い通りにいかないものだったのかも。京都北山に別荘・西園寺《さいおんじ》を造り、これが家名（西園寺家）となりました。後に足利義満《あしかがよしみつ》に譲られ、義満はここに「鹿苑寺《ろくおんじ》」いわゆる金閣寺を造っています。

97

来《こ》ぬ人を　まつほの浦《うら》の　夕《ゆふ》なぎに
焼《や》くや藻《も》塩《しほ》の　身《み》もこがれつつ

権中納言定家《ごんちゅうなごんていか》［1162－1241年］

新勅撰集《しんちょくせんしゅう》
恋

来ぬ人を
待って焦《こ》がれる松帆《まつほ》の浦は
風もやみ
海は夕凪《ゆうなぎ》
じりじりと
藻塩《もしお》を焼く匂いがたちこめている
焼け焦げるほどの
わが　胸のうちよ

ことばのメモ

【まつほの浦】…淡路《あわじ》島《しま》最北端《さいほくたん》にある海岸。歌枕《うたまくら》。「松」と「待つ」とが掛けられている。

【夕なぎ】…夕凪。夕方の海岸で無風状態になり、波も静まる状態。

【藻塩】…海草から採取する塩。海水を何度もかけ塩気を含ませた海草を焼き、その灰を水にとかし、上澄《うわず》み液を釜《かま》で煮つめて作る。

来ぬ人というのは、約束したのに来ない人ということでしょう。『万葉集』にある長歌「……淡路島《あはぢしま》　松帆の浦に　朝凪に　玉藻刈《たまもか》りつつ　夕凪に　藻塩焼きつつ　海女娘女《あまをとめ》　ありとは聞けど　見に行かむ　よしのなければ　ますらをの　心はなしに……」を本歌としています。本歌のほうは男が女を恋うていますが、定家はこの歌を女になりかわって詠《よ》みました。待つ時間に、匂いを詠み込んだところが素晴しいです。しかも藻塩を焼く匂い。どんな匂いでしょう。残念ながら、わたしは嗅《か》いだことがないのです。強いか弱いかといったら、強い匂いではないかと思います。苦味もありそう。悪臭とはいえないでしょうが、一度でも嗅いだことのある人なら、ああ、あれねと即座にわかるものでしょう。想像するしかないのですが、とにかく情緒を刺激される匂いではなかったかと思います。眼前の海は、穏やかな夕凪。しかし待つ人の胸の内は、じりじり刻々と焦げているのです。思い通りにいかない恋の焦り。なかなか複雑な心の内を、新鮮な取り合わせで表した一首です。

権中納言定家＝藤原《ふじわらの》定家は俊成《しゅんぜい》の子。父について和歌を学び、優れた和歌や歌論を残しました。『新古今集』撰者の一人。『百人一首』の撰者。日記『明月記《めいげつき》』があります。

98

風そよぐ　ならの小川《をがは》の　夕暮《ゆふぐれ》は
みそぎぞ夏の　しるしなりける

従二《じゅに》位《い》家隆《いえたか》［1158－1237年］

新勅撰集《しんちょくせんしゅう》
夏

楢《なら》の葉に　風がそよぐ
御手洗川《みたらしがわ》の夕暮れは
はや　秋が来たかと錯覚させる
だが川原では　みそぎの行事
あれこそは　夏のしるしだ
そこにだけ　まだ
夏が
暮れ残っている

◈ことばのメモ

【みそぎ】…川の水などで身を浄めることだが、ここでは特に、毎年、六月晦日《みそか》（三十日）に行われる神事、六月祓《みなづきばらえ》（夏越《なごし》の祓）をいう。半年間の穢《けが》れを浄める意味があった。

【夏のしるし】…夏である証拠。

心の内の感覚と、外側に見えている景観の、ちょっとした「ずれ」が見事に詩に結晶しました。「ならの小川」とは、京都市上賀茂《かみがも》神社《じんじゃ》の境内を流れる御手洗川のこと。諸説ありますが、おそらく両岸には楢の木があって涼しい葉音を立てていたのでしょう。上賀茂本殿近くにあった奈良社の前を流れていたことから、「ならの小川」といわれたとの指摘もあります。陰暦では六月までは夏。翌月から秋という区切りです。夕暮れどき、暑さも和らぎ、早くも秋が来たかのような実感を覚えながら、ふと小川を見ると、「みそぎ」をやっている。そこだけはまだ、夏なのです。こういうちょっとした「ずれ」は、みなさんもきっと経験があるでしょう。季節はあたり一面、均等にはやってきません。あるところには早く、あるところには遅く。この歌には、まさに移りゆく、季節のはざまが写し取られています。「六月祓《みなづきばらえ》」を描いた屏風《びょうぶ》に、屏風歌として添えられたものでした。

作者・従二位家隆＝藤原《ふじわらの》家隆は、権中納言藤原光隆《みつたか》の子です。『新古今集』の撰者の一人。俊成《しゅんぜい》に和歌を学び、定家《ていか》に並び称《しょう》されるほどの歌人でした。後鳥羽院《ごとばいん》の信厚く、後鳥羽院が隠岐《おき》に流されたあとも、和歌を通して交流があったそうです。『百人一首』では、その後鳥羽院と隣り合って並んでいます。

99

人もをし　人もうらめし　あぢきなく
世《よ》を思ふゆゑに　物思《ものおも》ふ身は

後鳥羽院《ごとばいん》［1180－1239年］

続後撰集《しょくごせんしゅう》
雑

あるときは　人を
愛《いと》おしく思い
あるときは　人を
うとましく思う
思うようにならないこの世を思う
ゆえに
わが物思いは
尽《つ》きることがない

ことばのメモ
【あぢきなく】…形容詞「あぢきなし」の連用形。思うようにならない。張り合いがない。面白くない。

冒頭は、「人も惜《お》し人も恨《うら》めし」ということです。「惜し」は愛おしい、「恨めし」は不満だということ。この「人」が、別人か同一人物かで解釈がわかれていますが、わたしは、「いとおしい人もいれば、うとましい人もいる」という客観描写でなく、「人をいとおしくも思えば、うとましくも思う」と主観的に訳してみました。「人」が別人でも同一人物でもＯＫです。とにかく作者は、人との関係で、愛憎まみれる揉まれ方を経験したのだと思います。「あぢきなく」は、「ことばのメモ」に出したとおり、面白くないとか苦々しいという意味で、「思ふ」に掛かります。倒置法が使われているので、順に直せば、「あぢきなく世を思ふゆゑに物思ふ身は人もをし人もうらめし」ということになります。

後鳥羽院は、八十二代の天皇でした。譲位《じょうい》後院政を敷き、承久《じょうきゅう》の乱では、王政回復と倒幕を狙って幕府側に敗れました。流された隠岐《おき》の島で没《ぼっ》しています。この歌は、承久の乱の九年前に詠《よ》まれたとされています。すでに幕府方との対立が顕著になってきた頃ですから、思い通りにならないこの世を憂い、絶望もしていたことでしょう。

100

ももしきや　古《ふる》き軒端《のきば》の　しのぶにも
なほあまりある　昔なりけり

順徳院《じゅんとくいん》
［1197−1242年］

続後撰集《しょくごせんしゅう》
雑

荒《あ》れ果てた宮中の
古い軒端に
はびこる忍草《しのぶぐさ》よ
ここには
偲《しの》んでも　偲びきれない
栄えた昔が
あったんだ

◈ことばのメモ

【ももしきや】…「ももしき」は宮中、皇居の意。元来、大宮にかかる枕詞《まくらことば》だった。

【なほあまりある】…「なほ」は、やはり。「あまりある」は、偲んでも偲びきれないほど偉大な。

『百人一首』の最後を飾るのは、これも天皇の歌。王朝文化の終焉を告げる悲しみの濃い歌ですよ。「ももしき」は、「ことばのメモ」にあるとおり、宮中を指します。「しのぶ」には、「忍草」と「偲ぶ」が掛けられています。忍草とはシダ類の一種。古い軒端などのほか、樹木の幹や石などにも生育します。土のないところにも生えることから、忍耐力の強い草、忍草という名前が付けられたらしいのです。はびこる忍草と対照的なのが朝廷の衰退ぶり。この頃すでに、王朝文化を担っていた貴族の時代は終わり、源頼朝《みなもとのよりとも》が開いた鎌倉幕府が成立していました。しかし頼朝急死の後、北条家が台頭、頼朝の後を継《つ》いだ頼家が暗殺され、一二一九年には実朝《さねとも》も公暁《くぎょう》に暗殺されてしまうのです。この歌は、一二二一年の「承久の乱」より五年ほど前に詠《よ》まれていますが、すでに敗者の陰影が感じられます。

順徳院は、99番の作者・後鳥羽院《ごとばいん》の第三皇子です。第八十四代の天皇。父とともに倒幕を計画、承久の乱で鎌倉方に敗れた後、佐渡《さど》に流され、その地で没しました。

おわりに

百首をめぐる旅も、終わりです。ときめく一首、見つかったでしょうか。

この間、露天風呂に浸かりながらぼんやりと景色を見ていたんです。目の前には、早朝の山と空。霧が動き、鳥の声が聞こえます。思わず「朝ぼらけ宇治の川霧たえだえに……」の歌が浮かんできました。千年前の霧と目前にある霧。成分としては同じはずです。あ、霧が動いたと思ったその瞬間の、心のはずみにも大きな違いはないでしょう。まぎれもなくこの自分が風景を見ているのですが、同時に誰かの視線を借りているような不思議な感覚がありました。和歌を知り、自然を眺めるとき、風や川の流れ、月や雲、草一本、そこに在る岩一つが、リズムを伴い艶めかしさを帯びて目の前に現れてきます。一首に込められた思いは小さなスプーンひとさじ程度のものですが、そのわずかな感興を豊かに深く響かせる装置が、三十一文字《みそひともじ》のなかには仕組まれているのですね。

最初は一首。一首だけでいい。短いからすぐに読めます。少しだけ心を使って一首に「参加」してみてください。千年前の、作者のまなざしに重なってみてくださ い。なんだか「おわり」じゃなく、「はじまり」みたいな文章になっちゃいましたが、私と『百人一首』との関係もそうです。読んでも読んでも、いつもはじまり。

この本をまとめるにあたっては、導かれた多くの書物があります。先達の方々の研究なしには到底、和歌の鍵を開けることはできませんでした。また、一緒にアイデアを練ってくれた河出書房新社の東條律子さんに御礼を申し上げます。ありがとうございました。

小池昌代

文庫化によせて――百の炎

現代口語自由詩を作っていたわたしが、文語の定型詩である和歌に、なぜ、ここまで心を奪われたのだろう。自分でも不思議な気持ちでこのあとがきを書き出している。

三十一文字という小さな器からあふれでる、なんという思いの濃さか。一つの型を得て、言葉は逆に翼を与えられ、高らかに歌いだす。

しかしながら和歌は手強い。読んでもつかみきったということがなく、わからないことのほうが多い。未だ途上にいることを自覚しているが、多くの書物、多くの先人の研究に学び、助けられた。改めて感謝したい。

そのうちには、一人で読んでいるという気持ちがしなくなったが、実際、そうなのだろうと思う。いま、孤独のなかで開く言葉も、はるか彼方から、手渡されてきた日本語なのだから。

そう思うと、百の短い詩が、炎のごとく、命を持ってゆらめいているのが感じられた。

長い年月のうちには、好きな歌も入れ替わり、まるでわからなかった一首が気になる歌に浮上してきたりする。長くつきあえば理解も深まるが、歌の底に到達するということはない。和歌はそうして一生をかけ、読み解いていくものなのだと思う。「詩」というものは響き合い。感じるこころとは応じるこころのこと。ここに表わされた詩情を、自分という器に流し込み、一千年前のまなざしに重なってみたい。そして「今」という最後の一列に、新たな眼となって参加する。

本書を一つのきっかけとして、各自が果敢な「読み」を広げてくださったらうれしいことだ。

今回、文庫化という機会を得て、表現の一部を改めたほか、いくつかの修正を施した。

二〇一九年春　小池昌代

参考文献

有吉保『百人一首　全訳注』（講談社学術文庫）
新里博『小倉百人一首新注釈』（渋谷書言大学運営委員会）
井上宗雄『百人一首を楽しくよむ』（笠間書院）
島津忠夫『新版　百人一首』（角川ソフィア文庫）
大岡信『百人一首』（講談社文庫）
白洲正子『私の百人一首』（新潮文庫）
鈴木日出男・山口慎一・依田泰『原色　小倉百人一首』（文英堂）
鈴木日出男『百人一首』（ちくま文庫）
板野博行『眠れないほどおもしろい　百人一首』（王様文庫・三笠書房）
吉海直人監修『百人一首大事典』（あかね書房）
渡部泰明『和歌とは何か』（岩波新書）

本書は二〇一七年二月、小社から単行本（「14歳の世渡り術シリーズ」）として刊行されました。

ときめき百人一首《ひゃくにんいっしゅ》

二〇一九年 六 月一〇日 初版印刷
二〇一九年 六 月二〇日 初版発行

著 者 小池昌代《こいけまさよ》
発行者 小野寺優
発行所 株式会社河出書房新社
〒一五一-〇〇五一
東京都渋谷区千駄ヶ谷二-三二-二
電話〇三-三四〇四-八六一一（編集）
〇三-三四〇四-一二〇一（営業）
http://www.kawade.co.jp/

ロゴ・表紙デザイン 粟津潔
本文フォーマット 佐々木暁
本文組版 KAWADE DTP WORKS
印刷・製本 中央精版印刷株式会社

Printed in Japan ISBN978-4-309-41689-2

花鳥風月の日本史

高橋千劔破　41086-9

古来より、日本人は花鳥風月に象徴される美しく豊かな自然のもとで、歴史を築き文化を育んできた。文学や美術においても花鳥風月の心が宿り続けている。自然を通し、日本人の精神文化にせまる感動の名著！

陰陽師とはなにか

沖浦和光　41512-3

陰陽師は平安貴族の安倍晴明のような存在ばかりではなかった。各地に、差別され、占いや呪術、放浪芸に従事した賤民がいた。彼らの実態を明らかにする。

一冊でつかむ日本史

武光誠　41593-2

石器時代から現代まで歴史の最重要事項を押さえ、比較文化的視点から日本の歴史を俯瞰。「文明のあり方が社会を決める」という著者の歴史哲学を通して、世界との比較から、日本史の特質が浮かび上がる。

第七官界彷徨

尾崎翠　40971-9

「人間の第七官にひびくような詩」を書きたいと願う少女・町子。分裂心理や蘚の恋愛を研究する一風変わった兄弟と従兄、そして町子が陥る恋の行方は？　忘れられた作家・尾崎翠再発見の契機となった傑作。

岸辺のない海

金井美恵子　40975-7

孤独と絶望の中で、〈彼〉＝〈ぼく〉は書き続け、語り続ける。十九歳で鮮烈なデビューをはたし問題作を発表し続ける、著者の原点とも言うべき初長篇小説を完全復原。併せて「岸辺のない海・補遺」も収録。

完本　酔郷譚

倉橋由美子　41148-4

孤高の文学者・倉橋由美子が遺した最後の連作短編集『よもつひらさか往還』と『酔郷譚』が完本になって初登場。主人公の慧君があの世とこの世を往還し、夢幻の世界で歓を尽くす。

窓の灯

青山七恵　40866-8

喫茶店で働く私の日課は、向かいの部屋の窓の中を覗くこと。そんな私はやがて夜の街を徘徊するようになり……。『ひとり日和』で芥川賞を受賞した著者のデビュー作／第四十二回文藝賞受賞作。書き下ろし短篇収録！

ひとり日和

青山七恵　41006-7

二十歳の知寿が居候することになったのは、七十一歳の吟子さんの家。奇妙な同居生活の中、知寿はキオスクで働き、恋をし、吟子さんの恋にあてられ、成長していく。選考委員絶賛の第百三十六回芥川賞受賞作！

やさしいため息

青山七恵　41078-4

四年ぶりに再会した弟が綴るのは、嘘と事実が入り交じった私の観察日記。ベストセラー『ひとり日和』で芥川賞を受賞した著者が描く、ＯＬのやさしい孤独。磯崎憲一郎氏との特別対談収録。

風

青山七恵　41524-6

姉妹が奏でる究極の愛憎、十五年来の友人が育んだ友情の果て、決して踊らない優子、そして旅行を終えて帰ってくると、わたしの家は消えていた……疾走する「生」が紡ぎ出す、とても特別な「関係」の物語。

カノン

中原清一郎　41494-2

記憶を失っていく難病の三十二歳・女性。末期ガンに侵された五十八歳・男性。男と女はそれぞれの目的を果たすため、「脳間海馬移植」を決意し、“入れ替わる”が⁉　佐藤優氏・中条省平氏絶賛の感動作。

サラダ記念日

俵万智　40249-9

〈「この味がいいね」と君が言ったから七月六日はサラダ記念日〉――日常の何げない一瞬を、新鮮な感覚と溢れる感性で綴った短歌集。生きることがうたうこと。従来の短歌のイメージを見事に一変させた傑作！

泣かない女はいない

長嶋有　40865-1

ごめんねといってはいけないと思った。「ごめんね」でも、いってしまった。——恋人・四郎と暮らす睦美に訪れた不意の心変わりとは？　恋をめぐる心のふしぎを描く話題作、待望の文庫化。「センスなし」併録。

求愛瞳孔反射

穂村弘　40843-9

獣もヒトも求愛するときの瞳は、特別な光を放つ。見えますか、僕の瞳。ふたりで海に行っても、もんじゃ焼きを食べても、深く共鳴できる僕たち。歌人でエッセイの名手が贈る、甘美で危険な純愛詩集。

短歌の友人

穂村弘　41065-4

現代短歌はどこから来てどこへ行くのか？　短歌の「面白さ」を通じて世界の「面白さ」に突き当たる、酸欠世界のオデッセイ。著者初の歌論集。第十九回伊藤整文学賞受賞作。

ナチュラル・ウーマン

松浦理英子　40847-7

「私、あなたを抱きしめた時、生まれて初めて自分が女だと感じたの」——二人の女性の至純の愛と実験的な性を描いた異色の傑作が、待望の新装版で甦る。

人のセックスを笑うな

山崎ナオコーラ　40814-9

十九歳のオレと三十九歳のユリ。恋とも愛ともつかぬいとしさが、オレを駆り立てた——「思わず嫉妬したくなる程の才能」と選考委員に絶賛された、せつなさ百パーセントの恋愛小説。第四十一回文藝賞受賞作。映画化。

カツラ美容室別室

山崎ナオコーラ　41044-9

こんな感じは、恋の始まりに似ている。しかし、きっと、実際は違う——カツラをかぶった店長・桂孝蔵の美容院で出会った、淳之介とエリの恋と友情、そして様々な人々の交流を描く、各紙誌絶賛の話題作。

憤死

綿矢りさ　41354-9

自殺未遂したと噂される女友達の見舞いに行き、思わぬ恋の顚末を聞く表題作や「トイレの懺悔室」など、四つの世にも奇妙な物語。「ほとんど私の理想そのものの「怖い話」なのである。――森見登美彦氏」

ミューズ／コーリング

赤坂真理　41208-5

歯科医の手の匂いに魅かれ恋に落ちた女子高生を描く野間文芸新人賞受賞作「ミューズ」と、自傷に迫る「コーリング」――『東京プリズン』の著者の代表作二作をベスト・カップリング！

ヴォイセズ／ヴァニーユ／太陽の涙

赤坂真理　41214-6

航空管制官の女と盲目の男――究極の「身体（カラダ）の関係」を描く「ヴォイセズ」、原発事故前に書かれた予言的衝撃作「太陽の涙」、名篇「ヴァニーユ」。『東京プリズン』著者の代表作を一冊に。

ボディ・レンタル

佐藤亜有子　40576-6

女子大生マヤはリクエストに応じて身体をレンタルし、契約を結べば顧客まかせのモノになりきる。あらゆる妄想を呑み込む空っぽの容器になることを夢見る彼女の禁断のファイル。第三十三回文藝賞優秀作。

ふる

西加奈子　41412-6

池井戸花しす、二八歳。職業はＡＶのモザイクがけ。誰にも嫌われない「癒し」の存在であることに、こっそり全力をそそぐ毎日。だがそんな彼女に訪れる変化とは。日常の奇跡を祝福する「いのち」の物語。

琉璃玉の耳輪

津原泰水　尾崎翠〔原案〕　41229-0

３人の娘を探して下さい。手掛かりは、琉璃玉の耳輪を嵌めています――女探偵・岡田明子のもとへ迷い込んだ、奇妙な依頼。原案・尾崎翠、小説・津原泰水。幻の探偵小説がついに刊行！

あられもない祈り

島本理生　41228-3

〈あなた〉と〈私〉……名前すら必要としない二人の、密室のような恋——幼い頃から自分を大事にできなかった主人公が、恋を通して知った生きるための欲望。西加奈子さん絶賛他話題騒然、至上の恋愛小説。

冥土めぐり

鹿島田真希　41338-9

裕福だった過去に執着する傲慢な母と弟。彼らから逃れ結婚した奈津子だが、夫が不治の病になってしまう。だがそれは、奇跡のような幸運だった。車椅子の夫とたどる失われた過去への旅を描く芥川賞受賞作。

八月六日上々天氣

長野まゆみ　41091-3

運命の日、広島は雲ひとつない快晴だった……暗い時代の中、女学校に通う珠紀。慌ただしく結婚するが、夫はすぐに出征してしまう。ささやかな幸福さえ惜しむように、時は昭和二十年を迎える。名作文庫化！

スタッキング可能

松田青子　41469-0

どうかなあ、こういう戦い方は地味かなあ——各メディアで話題沸騰！「キノベス！　2014年第３位」他、各賞の候補作にもなった、著者初単行本が文庫化！　文庫版書き下ろし短編収録。

きょうのできごと　増補新版

柴崎友香　41624-3

京都で開かれた引っ越し飲み会。そこに集まり、出会いすれ違う、男女のせつない一夜。芥川賞作家の名作・増補新版。行定勲監督で映画化された本篇に、映画から生まれた番外篇を加えた魅惑の一冊！

青空感傷ツアー

柴崎友香　40766-1

超美人でゴーマンな女ともだちと、彼女に言いなりな私。大阪→トルコ→四国→石垣島。抱腹絶倒、やがてせつない女二人の感傷旅行の行方は？映画「きょうのできごと」原作者の話題作。

次の町まで、きみはどんな歌をうたうの？

柴崎友香　40786-9

幻の初期作品が待望の文庫化！　大阪発東京行。友人カップルのドライブに男二人がむりやり便乗。四人それぞれの思いを乗せた旅の行方は？　切なく、歯痒い、心に残るロード・ラブ・ストーリー。

ショートカット

柴崎友香　40836-1

人を思う気持ちはいつだって距離を越える。離れた場所や時間でも、会いたいと思えば会える。遠く離れた距離で“ショートカット”する恋人たちが体験する日常の“奇跡”を描いた傑作。

フルタイムライフ

柴崎友香　40935-1

新人ＯＬ喜多川春子。なれない仕事に奮闘中の毎日。季節は移り、やがて周囲も変化し始める。昼休みに時々会う正吉が気になり出した春子の心にも、小さな変化が訪れて……新入社員の十ヶ月を描く傑作長篇。

また会う日まで

柴崎友香　41041-8

好きなのになぜか会えない人がいる……ＯＬ有麻は二十五歳。あの修学旅行の夜、鳴海くんとの間に流れた特別な感情を、会って確かめたいと突然思いたつ。有麻のせつない一週間の休暇を描く話題作！

寝ても覚めても　増補新版

柴崎友香　41618-2

消えた恋人に生き写しの男に出会い恋に落ちた朝子だが……運命の恋を描く野間文芸新人賞受賞作。芥川賞作家の代表長篇が濱口竜介監督・東出昌大主演で映画化。マンガとコラボした書き下ろし番外篇を増補。

ビリジアン

柴崎友香　41464-5

突然空が黄色くなった十一歳の日、爆竹を鳴らし続ける十四歳の日……十歳から十九歳の日々を、自由に時を往き来しながら描く、不思議な魅力に満ちた、芥川賞作家の代表作。有栖川有栖氏、柴田元幸氏絶賛！

すいか　1

木皿泉　41237-5

東京・三軒茶屋の下宿、ハピネス三茶で一緒に暮らす血の繋がりのない女性４人の日常と、３億円を横領し逃走中の主人公の同僚の非日常。等身大の言葉が胸をうつ向田邦子賞受賞、伝説のドラマ、遂に文庫化！

すいか　2

木皿泉　41238-2

独身、実家暮らしＯＬ・基子、双子の姉を亡くしたエロ漫画家の絆、恐れられ慕われる教授の夏子、幼い頃母が出て行ったゆか。４人で暮らしたかけがえのないひと夏。10年後を描いたオマケ付。解説松田青子

ON THE WAY COMEDY 道草　平田家の人々篇

木皿泉　41263-4

少し頼りない父、おおらかな母、鬱陶しいけど両親が好きな娘と、家出してきた同級生の何気ない日常。TOKYO FM系列の伝説のラジオドラマ初の書籍化。オマケ前口上＆あとがきも。解説＝高山なおみ

ON THE WAY COMEDY 道草　愛はミラクル篇

木皿泉　41264-1

恋人、夫婦、友達、婿姑……様々な男女が繰り広げるちょっとおかしな愛（？）と奇跡の物語！　木皿泉が書き下ろしたTOKYO FM系列の伝説のラジオドラマ、初の書籍化。オマケの前口上＆あとがきも。

問題のあるレストラン　1

坂元裕二　41355-6

男社会でポンコツ女のレッテルを貼られた７人の女たち。男に勝負を挑むため、裏原宿でビストロを立ち上げた彼女たちはどん底から這い上がれるか⁉　フジテレビ系で放送中の人気ドラマ脚本を文庫に！

問題のあるレストラン　2

坂元裕二　41366-2

男社会で傷ついた女たちが始めたビストロは、各々が抱える問題を共に乗り越えるうち軌道にのり始める。そして遂に最大の敵との直接対決の時を迎えて……。フジテレビ系で放送された人気ドラマのシナリオ！